푸른사상
시선

125

뼈의 노래

김기홍 유고시집

푸른사상
PRUNSASANG

푸른사상 시선 125

뼈의 노래

인쇄 · 2020년 6월 8일 | 발행 · 2020년 6월 15일

지은이 · 김기홍
펴낸이 · 한봉숙
펴낸곳 · 푸른사상사

주간 · 맹문재 | 편집 · 지순이, 김수란 | 마케팅 · 김두천
등록 · 1999년 7월 8일 제2-2876호
주소 · 경기도 파주시 회동길 337-16(서패동 470-6) 푸른사상사
대표전화 · 031) 955-9111(2) | 팩시밀리 · 031) 955-9114
이메일 · prun21c@hanmail.net /prunsasang@naver.com
홈페이지 · http://www.prun21c.com

ⓒ 김기홍, 2020

ISBN 979-11-308-1675-3   03810
값 9,500원

공사장에서 김기홍 시인

광주 금남로
5월시화전에서

광주5월문학제 뒤풀이에서
(왼쪽부터) 김기홍, 손세실리아, 박영근 시인(2002.5.22)

김남주 시비 앞에서
(왼쪽부터) 김경주, 박철영, 김기홍 시인(2005.2.12)

김기홍 시인의 고향인 주암면 쓰레기 소각장 반대투쟁 현장에서
연대투쟁하는 도법스님과 함께(2005.3.11)

순천작가회의 문학아카데미(2005)

순천 중앙시장에서
(왼쪽부터) 이원화, 김기홍, 김창규, 김창규 시인의 지인(2011.5.18)

『사람의 깊이』 제15호 출판기념회(2012)

순천기독결핵재활원에 입원 중인 김기홍 시인을 문병한 지인들
(왼쪽부터) 민중가수 허설, 김기홍, 송태웅, 조진태, 김해화,
김기홍 시인 누님, 이승철 시인(2014.12.28)

『사람의 깊이』제22호 출판기념회(2019.1.30)

두 아들과 함께

푸른사상 시선 125

뼈의 노래

고개에 앉아서

찬바람이 살갗을 파고든다

지난 시절은 주저 없이 가버렸다

그러나 살아야 하리라

저주하듯 온갖 고통들이 나를 에워싸고

외로움에 지쳐갈 때

그 외로움은 거울이 되어 나를 깨우리라

속속들이 어제와 오늘의 나를 비추어 깨우리라

늘 내 안과 밖에 내가 있으리라

| 차례 |

■ 화보
■ 여는 시

제1부

12

제2부

제3부

제4부

| 차례 |

제1부

민들레 찬가 1

너를 찾아 헤매다 보았어

실바람에도 날아갈 그 작은 몸

덩실덩실 떠다니다

어느 고을 양지 녘 뿌리 내릴 수도 있으련만

진창에 모래자갈 다져놓은

꿈 담고 절망도 담아 오가는 길

누굴 기다려 그곳에 뿌리내렸는지

사랑도 미움도 흘러가는 그 길을

무엇이 사무쳐 떠나지 못하느냐

밟히고 으깨어져 낮은 몸

뒤집어쓴 흙먼지

바람으로 씻어내고 밤이슬로 닦아내며

이제나 저제나

어느 별에서 들려올 노래를 기다리다

오늘도 기어이 흰 핏덩이 토하고야 마는 너는

우둔한 것이냐 속이 삭아 텅 비었느냐

눈보라 폭풍에도 등불 지켜내는

오매불망 새하얀 민들레야

저 들에 눈 내리고

당신은 눈사람으로 달려옵니다
뒤도 돌아보지 않는 강물을 따라
수많은 가로수를 헤치며 버스는 달리고
그만큼 지나버린 날들에
소름 돋을 때면
떨고 있는 추운 가슴을 가슴으로 덮으며
소리 없이 웃는 당신 앞에서
할 말을 잃어버립니다
겨울 뒤의 봄처럼
늘 가까이도 멀리도 아닌 곳에서
삶의 길을 지키며
쓰러지면 쓰러짐에서 시작하고
취하면 취함에서 시작하여
무거운 고통마저 스스럼없이 껴안는
아, 당신의 그 마음은 어디서 오는 것입니까
오늘 눈발 몰아치고
푸른 보리들이 몸을 숨기는 이 겨울 들녘에서
당신을 바라보는 것만으로도 행복한 것을

우리에겐 아무런 말도 필요 없습니다
더없이 추한 모습도 품 깊이 껴안으며
단 한 번의 화내는 모습도 없는
당신 앞에 서면 일순간
노을처럼 우리 사라진다 해도
할 말을 잃어버립니다

강물 2

나는 길을 따라
산을 올라가는데
물은 길을 따라
들로 내려간다.

그야 아랑곳하지 않고
없는 길 내며 미친 듯
높은 곳으로 올라가는데
물은 길 넓히며
아무 말 없이
아래로
아래로 흐를 뿐

낮은 곳으로
낮은 곳으로
흘러갈 뿐

연초록 아이

새벽 짙은 어둠 속에서
번개 번뜩이고 천둥이 울리더니
담장 안에선 야윈 감나무 한 그루
마른 풀잎 움켜쥐고
끙! 다리에 힘을 주었습니다
천지사방 빗줄기
햇살처럼 거친 몸뚱이에 쏟아져 내리고
그 감나무 가만히
담장 밖으로 연초록 손을 내밀었습니다.
연초록 잎 안엔 애기 꽃몽우리 꿈을 꾸고 있었습니다

어머니 피로 적신 윗목 마른 볏짚 위에
연초록 싹 하나 꿈틀거렸습니다

꿈의 찬가

드디어 오시는구나 정령들이여
거세게 때로는 부드럽게
따스한 바람 시원한 바람 앞세워
빗줄기 뒤세워 오시는 소리 너무나 커서
지상에 딛는 발자국 자국마다
연초록 생명들 쑥쑥 불러내고
풀포기 나뭇가지마다 천상의 꽃들 피워내는구나
마음으로 보라고 느끼라고
형형색색 색색의 향기 난장에 풀어놓는구나
정령들이여 이제는
꿈속에서도 님들 오는 향기 느끼나니
때로는 절망의 옷을 걸치고
때로는 좌절의 옷을 둘러쓰고
우그러지고 찌그러지고 문드러진 모습에도
우뚝우뚝 키운 나무에 사랑의 열매 키우고
으라샤 으라샤 산들도 세워
바람 풀고 물도 풀어
마른 가슴 죽은 강도 넉넉하게 살려내는 걸

중모리 중중모리 휘모리로 살려내
끝내 바다로 가는 길 일러주는 걸
마음마다 들어앉아 하나 되어 가는 길
늘 그 밑에 밑거름되신 이여
자애로운 빛이여 그대는
신명 나는 세상을 향해 함께 가는 벗이여
희망이여 형체도 없는
우리 사랑의 씨앗이여

산을 오른다

높은 산에 오르면
용기가 나고 희망이 솟구친다고 한다
나는 내려올 때가 두렵다

두려운 것은 이 나무 저 나무 걸친 명감나무 가시나
어긋장난, 비얌도 피해 가는 산초나무 가시
십여 년 세월 홀로 지내 정욕이 불같은
마을 삼거리 여인의 달달한 말끝 같은 칡넝쿨이 아니라
바로 나다

낮은 산 높은 산 길도 없는 길 내며 만든 길
한 짐 땔나무 짊어지고
앞도 뒤도 볼 여유 없이 느낌으로 내닫다가
엎어지고 넘어지고 미끄러지고
지고 갈 그 아무것도 없어질 때까지
미끄러지고 넘어지고 엎어지고
수심만 가득 지고 얼음장 같은 어둠에 묻어
윤기 없는 나를 부리고 나니 내가 보였다

오늘 나는 산을 오른다

조금씩 아주 조금씩 발돋움으로

이 나무에서 저 나무로

이 풀꽃에서 저 풀잎 속으로

끝내는 나무도 자라지 못하는 정상

바짝 엎드린 풀포기로 올라가

그 씨앗 새에 먹히고 고라니에게 먹히고

그 짐승들 결국 육식동물보다 잔인한 짐승에게 먹혀

낮고 낮은 강변에 뿌려진 똥에서 다시 태어나

햇살과 바람과 비와 놀다가

가끔은 외로운 등불 켜진 이 집 저 집 찾아가

눈물 젖은 이야기를 듣다가

그 가슴에 산이 되고 강이 되고 뜨거운 눈물이 되기 위하여

몇천 길 막장 탄광 깊은 어둠 속 누군가에게

아주, 아주 작은 촛불이라도 되기 위하여

벗

송광사 청량각 아래 금죽헌에 이르면
서산 낮은 등성이에
미끈한 솔나무 세 그루 있다

못나고 못생겨
난리에도 살아남은
저 비쩍 마른 솔나무

혼자는 외롭고
둘은 서로 다툴까
셋이서 저렇게 다정하게 서 있는가

어려서 만났을 때 솔나무는 그냥 솔나무였다
스무너덧 되어 만나니 친구가 되었고
나이 서른 넘고 만나니 여러 모습을 보인다

금죽헌 대평상에서 막걸리를 들다 미안해 바라보면
어서 마시게 손짓하고

숨긴 마음 아파서 흔들면 함께 흔들리고
술향에 젖어 부처 뵐 마음도 부끄러우면
어느새 부처가 되어 빙긋이 웃어 보인다

송광사 청량각 앞 금죽헌 대평상에
외로움도 즐거워
솔나무 세 그루 불러 앉히면
계곡 맑은 물소리도 일어나
작은 햇살 몇 조각 함께 품에 안기고

꿈에 만난 구산스님

나를 찾아온 그 어느 고통에도
행복을 구걸하지 않으리
꽃눈 맞으며 가는 이 길
그 어떤 아픔도 보듬어주던 길
삼청교 우화각에 이르면 한 송이 하얀 연꽃
마른 나뭇가지마다 푸른 움 불러주던 님

그 님 육신 벗고 바람 되어 하늘로 가신 뒤
승보전 뒤 돌샘에서 한 바가지 물을 뜨는데
관음전에서 내려오신 낯익은 님
깜짝 놀라 구산스님 부르며 예배하는데
금불로 환생하여 금빛 골짜기를 밝히고
홀연히 다시 사라졌네.
새 생명 하나 내려주고 빛으로 가시었네

봄이 온다 봄이 간다

아이 와, 거식아!
거시기 왔드냐?
당당 멀었그만요
거문도 쑥밭인가 청산도 밀밭둑 달롱개
금오도 봄동밭에서 놀고 있대요

아이 와, 머식아!
머시기 아직 안 왔냐?
몰랐어요? 진작 왔다가 지금은
황전, 섬진강변 매화밭
구례 산수유 동네에서 복 짓고 놀다가
휴전선 철조망을 넘나들며 꽃놀이한대요
넋들 불러 서방 각시 울긋불긋 꽃놀이한대요
남누리 북누리 뛰어다니며
보아라 보아라 꽃불 놓는대요

숲에서 보낸 편지 1

― 히어리

친구여 그대는 지금 어디에 계신가

아직 부산 남포동 포장마차를 맴도는가, 아니면

서울 남산 소나무 끝에 한 마리 비둘기가 되어

발목에 얽힌 실타래를 풀고 계신가

진절머리 나도록 세상살이 풀리지 않는다면

여기 조계산 자락으로 올라오시게

가버린 사랑, 망가진 꿈, 사라진 믿음

이 땅 어디에서 찾을 것인가

이 나라엔 희망을 가졌어도

펼칠 수 있는 세월이 너무나 짧지

오실 때는 순천 접치재에서 내리시게

산등성이를 타고 오르려다

말끔히 정리된 숲 아랫도리를 발견하면

눈 부릅뜨고 바짝 엎드려 경사진 지면을 살피시게

잘린 나무 그루터기를 발견하고 마음 아팠다면

그 뜻을 새기며 오던 길로 돌아가셔도 좋네

잘린 나무들은 산림청 보호종이라는

이름도 예쁜 히어리라네
세상에 귀중하지 않은 것 하나도 없지만
너무 쉽게 잘리고 버려지지
그러나 다시 한번 살펴보시게
잘린 그 밑동에서 기어이 일어서는 움들을
그 움들 새 줄기로 자라면 또다시
연노랑 꽃등 달고 겨울을 밀어낼 것이네
그 푸른 눈빛 자네 가슴에 담았다면
이제 두 손 꼭 쥐고 돌아가도 든든하지 않겠는가

숲에서 보낸 편지 2
― 숲속의 나무

큰 산을 오르다 보면
곧게 자란 나무 한 그루 보이지 않는다
넘어지거나 이리저리 흔들려
굽어진 나무들

큰 산 깊은 숲 헤매다 보면
상처 없는 나무 한 그루 찾아보기 힘들다
태풍에 쓰러지고 폭설에 가지가 꺾인 채
새 움을 밀어 올리는 저 나무들

생김새도 성질도 다른
구부러지고 뒤틀린 나무들이
용틀임으로 기어이 일어서고
큰 가지 작은 가지 꺾인 나무들이
폭우에 넘어지는 나무도 받쳐주며
푸른 숲을 이루고 큰 산을 지켜왔나니

그대 큰 산에 들면

곧거나 상처 없는 나무 한 그루 찾아보아라

큰 산에는 오늘도 다친 나무들이 서로 다독이며

벼랑 끝 바위라도 움켜잡고

온 힘으로 푸른 새 움을 밀어 올린다

숲에서 보낸 편지 3

잎사귀도 가지도 꽃도 다른 나무들이
가까이 마주 보거나 등을 대고 살지라도
서로 밀어내지 않는구려

나이도 키도 생김새도 습성도 다른 것들이
어울려 끌어안고 춤을 추고
각기 다른 음성으로 노래하며
거대한 숲을 이루어
평화에 잠기네

더러는 천수를 다한 느티나무며 참나무들
비바람 찬 눈에 썩어 문드러진 가슴에
전혀 색깔도 매무새도 다른
백당나무 도장나무 으름 넝쿨도
내 자식마냥
끌어안고 키우는 사랑이여
생명과 평화의 어버이시여

숲에서 보낸 편지 5

감나무 위에 감나무 없고
참나무 아래 참나무 없다

따스한 햇살 머금고 은하수를 이루던
그 많은 꽃들은 모두 어디로 갔을까
바람과 새와 이름 모를 곤충들이 맺어준
황금빛 열매들은 다 누구에게 주었을까

가지를 치지 않는 낮은 풀들은
한 해도 긴 세월이라 스스로 누운 자리
씨앗들 먼지 같은 집을 버리고
푸른 메아리로 일어서는데

산사나무 위에 산사나무 없고
돌배나무 아래 돌배나무 없다

고목이 쓰러진 그루터기
낯선 아이 하나
푸른 손 합장하고 일어선다

숲에서 보낸 편지 6

나무는 바람을 부르지 않는다
푸른 창문 열쇠 비밀번호를 풀어놓고
쭉 뻗은 팔을 올려 겨드랑이마저 내놓는다

암흑의 시대
푸른 창문 안에 감출 것도 없는데
난데없이 들이닥친 바람의 노예들은
잠그지도 않은 작은 창문들을 걷어차고 들어가
큰 방 작은 방 요란하게 뒤지다
기어이 몇 개의 팔과 손가락을 부러뜨리고 떠났지만
나무는 바람의 발자국을 오래 기억하지 않는다

때로는 뿌리째 흔들려 기울어도
낮게 흐느끼며 스스로 안정을 찾아 떠나는 여행
수고한 붉고 노란 창문을 떼어낸 뒤
꺾이고 뒤틀린 가지들 데리고
찬 기운 눈밭에 들어 고요히 명상에 잠긴다

숲은 바람을 키우지 않는다
나무는 바람을 붙잡지 않는다

숲에서 보낸 편지 7
― 가을 단풍나무

이 산골 저 나무 아래
도대체 무슨 일 있었기에
푸르고 푸른 잎들 저토록
붉게 타는 거야
타는 옷마저 훨~훨 벗어버려
저 저녁 하늘까지 활~활
발갛게 타오르는 거야
도대체 무슨 일 있었기에

단풍나무 아래로 사라진 원시의
발자국 한 쌍 뜨거운 화석

해거름 붉은 화염 속으로 초연히 사라지는
장끼와 까투리 한 쌍

숲에서 보낸 편지
― 고로쇠단풍나무

서툰 걸음으로 벌써

몇 개의 산등성이 몇 개의 골짜기를 넘었다

푸른 숲은 때때로 파란 하늘과 구름을 보여주고

나는 어머니 태반을 유영한다

때로는 미끄러지고

때로는 엎어져도 어머니는

자연스럽게 일어나기를 기다렸다

겁도 없이 높은 바위에 올라가 먼 곳을 바라보다가

내려오는 길에 무릎 살이 파이고 뼈가 부러지기도 했다

그래도 약을 발라주지 않았다

부드러운 풀잎으로 닦아주고

단풍나무 잎으로 시원하게 부채질하며

당신의 몸에 상처를 내어 솟아나는 수액을 먹였을 뿐

수많은 자식들 건사하느라 몸뚱이는 성한 곳이 없었다

당신은 바위틈에서 생명을 일구었다

이 골목 저 골목 뿌리를 내리고

때로는 바위를 부둥켜안아야 했다

내가 선 이 계곡에 이제 어머니는 보이지 않는다

더 이상 상처마저 낼 수 없는 몸은 쓰러져

흰 뼈를 드러내며 다른 이들 피가 되어주고

계곡물에 떨어진 당신의 손은 흰 핏줄과 뼈를 드러내며

형질을 바꾸고 있는 중이다

마지막으로 엎드려 녹아가는 어머니의 수액을 마신다

이제 어머니는 산에 강에 바다에 바람에 영원하고

나는 그 거룩한 영원의 꿈을 마신다

숲에서 보낸 편지

— 어머니

어머니!

제가 돌아왔나이다

불초소생(不肖小生) 머슴아가

소양배양 떠돌다 지쳐 흰 서리만 가득 이고

떠났던 품으로 돌아왔나이다

어머니의 어머니

모든 강물의 어머니시여

만인 만물의 어머니시여

당신의 허리를 잘라내고

당신의 심장을 헤집는 자들을

아무 벌도 없이 받아주시는 어머니

오로지 말 없는 사랑만을 베푸시는 어머니

말없이 떠난 자들이 지쳐 돌아오면

포근히 품어주시는 어머니

마르지 않는 그 사랑의 샘은 어디에 있나이까

뜨거운 햇살도

혹독한 추위도

매서운 바람도

의연히 맞서는 그 용기는 어디에서 오는 것이오이까

온몸을 산산이 부숴버릴 듯 쏟아붓는 폭우도

달도 별도 삼켜버린 캄캄한 먹빛 밤도

모든 생명들 다정히 끌어안는 그 의연함은

어디에서 오는 것이오이까

오늘이 지나면 이 자식은

급물살 흐르는 세상으로 나가오리니

당신의 평화와 평심을 잃지 말게 하소서

무념무상으로 만물을 대하고

내 몸과 같이 모든 것이 소중함을 깨닫게 하소서

그리고 끊임없이 당신의 사랑을 잃지 말게 하소서!

알탕갈탕 살아가는 몸부림 속에서도

티끌만 한 탐욕이 생기지 않게 하소서

밤낮으로 항상 깨어 있는 어머니여

하늘과 땅이 평안치 않음에도

모두가 안심하고 돌아오도록

모든 문을 열어놓는 어머니여

결국은 지쳐 돌아올 길을 나서오리니

다시 돌아와 당신의 품에서 평안히 잠들 때까지

지켜주소서 천지 만물의 어머니여

푸르른 피가 도는 고향이여

푸르른 젖을 흘리시는 어머니여

우리들의 생명이여

제2부

아빠 땀수건

아빠 수건은 원래 하얀색
한 달 가면 누런색
석 달 가면 아예 검정색

세탁기는 아빠 옷을 빨지 않아요
검정물이 많이 나와 다른 옷까지 검게 되지요
제아무리 좋다는 세척제도 소용없지요

쇳가루를 많이 마셔서 그럴 거라는데요
검은 땀을 많이 닦아 그렇다는데요
아빠 속에는 검은 숯으로 가득할 텐데요

아빠 피부는 일 없을 땐 하얀빛
한두 달 일하면 구릿빛
몇 달을 일하면 아예 검은빛

일터에서 보낸 편지 1

님이여!
한 해가 다 가도록
당신에게 할 말을 찾지 못했습니다.

감사. 사랑.
이런 흔한 말로는
당신의 은혜를 헤아릴 수 없어
그만 입을 다물고 말았습니다

제 온몸을 짓누르던 바위를
기꺼이 치워버린 그 힘은
도대체 어디서 오는 겁니까

일꾼들은 너무나 당당하게
일터를 떠났습니다
따라가던 무거운 내 발길은
이제 무릎과 어깨의 통증만 남은 채
걷고 또 걷습니다

현장을 떠난 일꾼들은 한동안
술에 취해 세월의 강가에 나가
보이지 않는 눈물을 놓기도 하고
화를 다스리기도 하지만
술 냄새 진동하는 텃밭에서
그래도 내일 일을 위해 계획을 세웁니다

사장은 누군가에게 임금을 올려 전화를 하고
아파트는 또 한 층 올라갑니다
냉정한 우리들의 발걸음은
대단한 결단의 씨앗을 만들었습니다

님이여! 님이시여!
저는 또 하루
어미 없는 어린아이들을 생각하며
희망의 나무에 등불을 매달지만
한 해가 다 가도록
딱히 당신께 할 말을 찾지 못했습니다

꽃바다

어둑새벽 산비탈
별빛 담은 선홍빛 진달래
달리는 길가에 늘어서서
어서 오라 샛노란 팔 사래 치는 개나리
좁아진 비포장길 몸 낮추어
소리 없이 반기는 봄까치꽃
연노랑 꽃다지꽃 흰 냉이꽃
무리, 무리, 꽃바다
파도 일면 시골사람 향기 지천입니다

낮은 산 밀어 새로 낸 길 따라
아파트 공사장에 들어서니
여기도 꽃들 다 모였습니다
땅바닥에 기는 꽃
하늘로 녹슨 철근을 세우는 꽃
엎드린 꽃 뛰는 꽃
흰 투구 노랑 투구 보라 투구
투구를 쓴 꽃들, 꽃들

얼굴에 소금꽃도 무리 지어 피었습니다
발붙이고 살 만한 땅을 찾지 못해
여기 다 모여 피었습니다

눈보라

새벽을 급습한 그들은
일터로 가는 길을 막지 못했다 으르렁대며
아파트 공사장을 둘러막은 철판을 뒤흔들던 괴력도
평생 어둠을 안고 걸어온 이들에겐 통하지 않았다
슬래브엔 간격 수치의 표시도 배근할 철근도 보이지 않자
몇은 우세두세 돌아설 의향을 들키기도 했지만
눈을 쓸어내며 철근을 찾아 조립하는 일손을 꺾진 못했다
전열을 정비한 무리들은 조계산을 넘고 백운산을 넘어
인가 근처의 산이란 산은 다 하얗게 지워버렸다
거기서 여기가 보이지 않았다
여기서 거기가 보이지 않았다
순간 빠른 속도로 코일을 태우며 뇌리에 전해오는
지난 세월의 어느 갈피
달콤한 기억을 찾은 사람들은 촉촉한 눈망울로 돌아가고
버려진 부랑자처럼 남은 일꾼들은 숨겨놓은 소주를 꺼내
키 낮은 비쩍 마른 나무의 깊은 뿌리에 붓자
가슴이 짜르르 전율했다
이제 남은 사람들은 안다

왜 우린 이 눈보라에 맞서야 하는가를
그토록 안전을 강조하던 현장소장은 보이지 않고
원청회사 사무실도 보이지 않아
눈 폭풍도 스스로 지쳐 공격을 멈춘 지금
금세 녹아 가슴을 적시며 흐르는 희디흰 눈은
우리들의 깊은 실뿌리에 닿으면 알게 되리라
물러서지 않는 저항의 힘은 어디서 오는지
얼굴 붉게 물들이는 자갈밭 눈보라 속에서도
잠들지 못하는 냉이며 곰보배추 보리뱅이 돌갓
저들의 잘라내지 못한 깊고 오래된 뿌리에
어떤 극과 극의 전류가 흐르고 있는지

폭설

일 년 열두 달

풀어내지 못한 마지막 한 소절이 폭설에 묻혔다

어젯밤 늦게 한 무리의 패거리가 창문을 뒤흔들던

악다구니도 발자국도 흔적이 없다

하늘도 바람도 햇살도 없이

눈은 하염없이 내려 쌓일 뿐

같은 마당을 매일 지우며 다시 쓰고 연주해야 할

우리들의 하루가 보이질 않는다

방향을 잡아 길을 뚫고 나간다 해도

빗자루와 삽으로 대책 없이 쌓인 저 눈을 치우면

한 마디의 단음절이라도 세울 수 있겠는가

아파트 공사장 출입문은 굳게 닫혔다는 전갈이 오고

타워크레인도 보이지 않는다

부평초처럼 매일 이별하며 살아가는 삶마저도

때로는 하염없이 아픔보다 깊게 주저앉아야만 하는가

불법 체류 노동자들이나 고양이처럼 장기 투숙을 하는 여

관촌

어젯밤의 취기가 남은 누군가 구멍가게에서 사 온

소주와 막걸리를 삶은 계란과 함께 풀어놓는다

조금씩 가슴이 닳아 오른 사람들이 방 안을 맴돌다

하나둘 창밖으로 기린이 되어 목을 내민다

강둑에 자라는 진보라 똘갓에게 은은한 노래를 불러주던

작은 강도 어느새 자취를 감추었다 그러나

이미 씨앗을 떨군 건초나 눈 속에서 굳게 버티는 똘갓들
은 안다

저 강이 결코 멈추지 않는다는 것을

길을 막는 오늘 폭설보다 더한 어둠 속에서도

우리들의 사랑도 희망도 멈추지 않고

꼭, 흘러야만 한다는 것을

먼 하늘 향하여

지루한 장마 지나고
게릴라 비 퍼붓던 겹장마도 가고
파란 하늘이 좋아
쏟아지는 바늘햇빛 속에서
녹슨 갈쿠리 들고
허공에 아파트 벽체 철근을 엮는데

근육마저 동력을 상실했는가
위를 쳐다보는 고개도 팔도
자꾸 꺾이고 마네
큰방 작은방 거실 엮고 나와
주방 벽을 세우다 갑자기
어린 자식 함께 먹고살 일에
울컥 외로움도 함께 파고드는데
앞서 세운 벽체 사각 칸칸마다
막아서는 앞산

저 산 중턱 밭머리 오리나무

날카로운 낫질에 어디 한두 번 베였는가
그늘 만든다 잘리고 울타리 만든다 잘리고
그래도 이젠 더 많은 줄기들 산 능선을 넘어
폭풍이면 어떻고 가뭄이면 어떠랴
은빛 푸른빛 사래 치는 저 품새 정녕코
한 층 더 올라봐 한 층 더 올라봐
외치는 듯 부르는 듯하니

유쾌한 일당 오천 원

새벽 찬바람도 싫지 않았네
오늘도 꿈 실어 공사장으로 가는 동짓달 새벽
철근이 안 들어와 일이 없다는 말에
부모만 나타나면 입을 벌려 소리 지르는 제비 새끼들 떠올라
그만 땅만 보고 걸었지

이럴 순 없지 주머니에 작은 지전 만지작 만지작 땀에 젖는데
요, 미련한 놈!
무언가 이마를 탁, 내리친다

버스 노선도 없는 집에까지 택시비 오천 원
괜찮아 괜찮아 임마 힘내어 걸어 집에 들어오니
이것 봐라 오천 원이나 벌었다
손땀에 흠뻑 젖은 촉촉한 오천 원

철근 길들이기

공사장도 비좁아 사람 다닐 길마저 보이지 않는다
한쪽 모퉁이 허리 굽힌 채 쟁여놓은 8미터 철근 몇 다발
흙이야 풀이야 짊어지고 벌겋게 녹 실어
아파트 5층 상판 슬래브에 올라오니
굶주린 짐승들마냥 반생 매끼 풀어 어깨에 메려는데
제 탄력 다 잃었는가
둥글게 굽어진 등이 펴지질 않는다

죽어라 죽어라 해도 못 펴는 형님 허리 같그만이라우
노가다꾼 남편 믿다 제대로 된 옷 한 벌 못 사 입었다는
내 마누라 얼굴 같구만요

마흔 줄에 걸터앉은 후배들
햇살보다 하얀 너털웃음이 가슴 깊숙이 박히는 아침

버려진 우산

내일 무조건 콘크리트 타설해야 한다는 말에
일 끝내지 못하면 밥줄 떨어질까 뛰고 달리고
눈치 보일까 새우등처럼 엎드려
철근 조립을 하고 나니 팔다리가 내 몸 같지 않다
이렇게 꼭 해야 살아가요?
아우들 물음에 시원한 막걸리 한 사발
먹빛 얼굴 흰 미소가 내 답의 전부다

땀에 흠뻑 젖은 옷을 꼭 짜 입고 나서는 길을
깎아내린 산비탈 알밤 같은 빗줄기
벌침처럼 내리꽂힌다
허리를 펴기엔 아직 멀고 먼 길을
비에 마저 젖을 수 있느냐 찾아든 것은
피사리 여뀌 쇠비름 바랭이 기어가는 풀밭
인부들 수없이 왔다 떠나가며 던져버린
작업복 안전화 닳아진 연장들 속에 팔 부러진 우산 하나
한쪽 하늘을 가려버린 검은 우산 하나

버려진 우산이 비를 막는다

어디 우산뿐이랴
돈으로 쌓은 학력들이 서양 물로 그르치는 세상
빼앗기고 짓밟히고 버려지는 것들이 지탱하지 않는가
망가진 우산들이 오늘 이 줄기찬 비를 막듯

행렬

물 빠진 갯벌 웅덩이에서
뿔소라 몇 마리 집을 나선다
몇 년은 가족들 먹고살았을
정든 마을을 떠난다
뙤약볕 쏟아지는 갯벌
이마에 양털구름 소금을 줄줄이 달고
바싹 말라 쩍쩍 벌어진 진흙옷 걸치고
죽을힘으로 길을 내며 간다 뿔소라 아비들

살찐 짱뚱이들이 뛰어 올라와
마구잡이로 길을 지운다 기나긴 여정의 길
새 삶터를 찾아올 식솔들의 길
죽음이 가로막아도 가야만 하는 길

갯벌에 물이 들어오고 산들이 길게 누우면
갈대밭 너머 신축아파트 현장을 나서는
늙수그레한 철근쟁이 형틀 목수 타설공 잡부들

뼈의 노래

— 축하주

드디어
휴식이다

철근 다발에 눌리어
참다 참다 등에 업혀 온 하얀 병실
빗물 머금은 비계에서 떨어져
이을 다리 잘라버린 잡부 노인 안 씨
택시 뒤를 받쳐 목 한 번 빳빳이 세운 박 씨
조선소 철판에 맞아 다리 꺾이고 허리 꺾인 정 씨
오래전 친구 같은
처음 보는 얼굴들

슬픈 반가움에
눈물 대신 숨겨놓은 소주병 꺼내
자, 휴식을 축하하네 기념주 한 잔
정 씨 처가에서 받아 왔다는 인분주 한 잔
크악!

쪼개진 다리뼈를 조이고

온 길을 돌아다본다
정신없이 달려온 길이 굽이도 많아
몇 개의 모퉁이만 흐릿하게 비쳐올 뿐
그동안 무슨 짓을 하며 살았는지
앞길마저 보이지 않는 오늘
여기서는 제 속이나 들여다볼 일이다
병실 침상에 누운 각각의 형상이
내 과거고 미래 아닌가

다정한 친구가 아닌가
병신 되어 편한 친구
허리디스크 절단 난 인데
잘린 뼈 잘린 꿈
모두 이어 흐를 것이니
병신 되지 않고는 마음 편히 쉴 수 없는
노가다꾼을 위하여
조선소 용접공을 위하여
사납금에 뻥이 친 택시 기사를 위하여
잘잘 넘치는 웃음

철철 넘치는 가락으로
아따, 우리 하나 되는 이 한 잔
만성 허리 병이 낫는다는 정 씨 부인 사랑을 위해
우리들 희망을 위해
큼큼한 으으 똥술 한 잔

뼈의 노래
 — 뼈가 뼈에게

깊은 밤 잠 밖으로 나와
뼈들은 노래를 부른다.
어디론가 유배된 뼈들이 남은 뼈들에게
부서진 뼈들이 성한 뼈들에게
낡은 뼈들이 젊은 뼈들에게
잠들지 마라 잠들지 마라
의문을 꿰뚫어 본질을 보아라
싸우지 않고 빈 꿈만 채우려다
병신이 되고
침묵과 순종의 미덕으로
팔다리가 잘렸니라
우리들의 피 묻은 노래를 들어라
술상에서 밥상에서
순결한 꿈을 위해
망설임도 초조도 간단히 버리고
피에 젖은 작업복을 비벼대며
서로를 지켜라 지켜라
머리뼈는 목뼈에게
목뼈는 어깨뼈에게

어깨뼈는 갈비뼈에게

갈비뼈는 허리뼈에게

허리뼈는 엉치뼈에게

엉치뼈는 다리뼈에게

다리뼈는 발뼈에게

몸 밖의 뼈는 몸 안의 뼈에게

잠든 노래도 불러내 다시 부른다

가난이 굴욕으로 이어지지 않기를

눈물이 값싼 인내의 습성이 되지 않기를

바라고 바라옵건대

공장에서 공사장에서 농토에서 시장에서

거대 자본의 올가미에 매여 끌려가지 않기 위해

흔들리는 나와 싸워라

흡입하는 자본주의 횡포에 맞서 싸워라

쓰러지지 마라

쓰러지지 마라

상처 속에 피어나는 싱싱한 노래여

푸른 꽃이여

뼈의 노래
― 눈

어둠을 밀어내며 눈이 내린다
세상 눈물들 지워지고
근원을 찾지 못한 깊은 그리움들이
창가에 모여 눈병을 앓는다

멀리, 가까이 파일 박는 소리 잠들고
침묵하는 타워크레인만이 선명한 아파트 공사장
추락한 어느 콘크리트공의 꿈
핏자국도 보이지 않는다

뭔가 작정한 듯 눈이 내린다
드러난 상처도 추악함도 보이지 않는다
속지 마라
머리에 눈을 이고 돌아가는 한 무리 인부들이여
바로 이전까지 무슨 일이 있었더냐
눈에 선명히 찍힌 우리들의 발버둥
발자국을 지워버린 어느 사장처럼
뜨거운 눈물의 흔적들도 따라 지워버릴 것이냐

술 냄새 진한 용서를 따라
저 눈 녹아 흐르면
사방 천지 봄풀로 새파랗게 피어날 기억들을
정녕 다스릴 수 있겠느냐

성하지 못한 꿈들이 일어나 창가에 모여
하얗게 지워도 지울 수 없는
내일을 바라본다

중심

건물 중심 벽체 철근을 수직으로 세워놓으니
뒤쪽에서 일하던 동료가 오른쪽으로 기울었다고 한다
그 친구 말대로 기울기를 좌로 잡아 세우니
이젠 반대쪽 사람들이 오른쪽으로 기울었다고 한다

기준 철근을 바로 세우지 못하면
살 밖으로 빠져나간 철근들은
수시로 밀려오는 안개와 비바람에 견디지 못하고
마침내 살 속의 뼈들까지 썩게 하여
건물은 서서히 무너질 것이다

썩어 무너지는 것이 어디 건물뿐인가
내 사랑이 바로 서지 못하면 가정이 무너지고
서원을 바로 세우지 못하면 나라도 무너지는 것을
오늘은 싱싱한 두 눈으로 십자가 그늘에 숨어
한쪽으로 기울어진 사람들이 끌고 가는 세상을 바라본다
중심축이 자꾸 기울어 썩어가는 세상을
즐기는 사람들을 오래도록 바라보면 어느새

내 중심마저 어지럽다

수직자를 붙여 바로잡은 기준 철근을
이쪽에서는 바깥쪽으로 기울었다던 사람들이
저쪽으로 건너가선 안쪽으로 기울었다고 한다

철근쟁이 주머니

아저씨!
지갑 빠졌어요
아저씨!
말귀를 통 못 알아듣네
집문서 날아갔당께요

광주 수완지구 아파트 공사장

한 푼이라도 더 벌자 철근을 메고
오다 가다 달리다
칼끝 같은 옹벽 철근 끝에
찍히다 찢어지다
땀에 삭고 닳아 기워봐야 소용 있을라구
동전이 앞서 달아나고
덩달아 비상금 천 원마저 달아나자
의료보험카드, 주민등록증까지 나가버린 집

정신은 어디 가붓소
아따, 그렁께 성님은 돈이 안 모인갑소, 소리에
아예 주머니를 통째 쭉 뜯어버렸다

벌레들의 합창

고관대작들은 잘 알겠지 자기가 한 일들을
비서나 보좌관이 서로 좋다고
다람쥐처럼 지난 일 잘 감췄을 테니까
판사나 검사나 잘 알겠지 자기가 한 일들을
언제라도 감춰둔 것 파내면
흰머리가 검은머리 될 수도 있으니까
그럼, 그럼 잘 알 테지
치부만 드러나면 갑자기 환자가 되는 갑부들은
돈을 어디다 감추고 어떻게 아부했는지
그래야 노동자들 파업할 때 으르렁거릴 수 있지

참~! 박자 잘도 맞추네
화음이 딱딱 맞네
그렇지 않아?

그러나 난 나를 모르겠어
어떻게 살아왔는지
새벽 공사장에 나가 죽어라 일하다가

밀린 노임에 분노를 다스리다 끝내 싸우다

고급 승용차에 깔린 개처럼 다리를 끌고 들어와
죽은 놈처럼 사지를 펼치고 곯아떨어졌다
기적처럼 손가락이 까딱거리는 중환자처럼
갑자기 팔도 꿈틀 다리도 꿈틀
지레 내가 놀랐는데
생시일까 꿈일까 들려오는 알 수 없는 노래

가만히 들어보니
꾹 닫힌 집에 어떻게 들어왔는지
한쪽 구석에선 여씨 목소리
한쪽 구석에선 베씨 목소리
한쪽 구석에선 귀씨 목소리
한쪽 구석에선 쓰씨 목소리
가만 가만…… 꼽등이 목소리도 섞인 것 같아
들녘에선 보리 파종의 노래 사라진 지 오래인데
누굴 부르는 노래인가

단 한 번 씨앗 뿌릴 적기란 말이지
뜨거운 만남과 헤어짐의 시간이란 말이지
밤이 새도록 눈썹을 적시는 그 합창이

그동안 뭘 했는지 아무것도 내보일 게 없는데
벌써 나도 가을이란 말이지

이상한 쇠나무 85호

부산 영도 바닷가엔 이상한 나무가 한 그루 서 있네
밤새 비가 내린 뒤의 아침이면
나뭇가지 이파리마다 맑은 열매들이 빛나듯
영도 바닷가 그 나무엔
붉은 열매들이 주렁주렁 매달리다 사라지네
애당초 푸르렀을 그 나무 열매들에는
짜디짠 소금 맛과 비린내가 진동을 하네
그 나무 분명 꿈을 먹고 자랐을 테지
그러니까 36미터 상공의 광풍도 폭염도 견디지 않았겠나
그런데 왜 바람이 불면 그 나무에선
여인들과 사내들과 아이들의 흐느끼는 소리가 들리는가

부산 영도 바닷가엔 희망번호인지 수인번호인지
85호란 이름의 기적 같은 쇠나무가 서 있네
붉게 물든 긴 가지를 펼치고 있네
한때는 저 나무들 부둣가 불빛처럼 꽃이 피었겠지
한때는 저 나무들 황금빛 열매를 주렁주렁 매달았겠지
목숨까지 매달았겠지

그렇다면 그 열매들 다 어딜 갔는가
계절이 바뀌어도 꽃은 쉽사리 피질 않네
저 나무들 피를 먹고 자랐는지 비린내가 진동하네
한때는 저 나무에 황금빛 열매를 매달기 위해
수많은 사람들이 바닥에 기름진 땀을 흘렸을 테지

그것은 헛수고나 전설이었단 말인가
소문을 듣고 달려온 수많은 사람들이
가슴속 푸른 등을 꺼내어 다는 저 나무에
또다시 항구의 등불처럼 꽃이 피고
비린내 없는 열매가 열리겠지
바람이 불면 흐느끼는 소리 대신
힘찬 노랫소리가 피어나야겠지
저 이상한 쇠나무 85호에

몸값

의자를 놀이터 삼아 몸부림치는 아이들
그 무게를 못 버티고 찢어져 버린 다리를
더 이상은 감아 맬 수도 붙일 수도 없어
중고 물품이 가장 많다는 매장을 찾아가
튼튼하게 보이는 큰 회전의자 하나를 고르니
가격이 3만 원이란다
한 번도 쓰지 않은 새것 같은 보루네오 의자가 3만 원
원래는 13만 원인데
다섯 개 다리 끝에 있는 바퀴 하나가 깨져서 3만 원
그렇다면 내 몸값은 얼마나 될까
언젠가 쪼개져서 이어 붙인 다리
꺾이고 부서져 버린 손가락뼈
낡은 의자처럼 갈수록 삐걱거리는 어깨
내려앉는 허리
힘 빠지는 무릎 뽑혀 나가는 치아
아직은 돈벌이를 하지 못하는 두 자식
내 노후도 생각해야 하는데
찾아갈 곳은 공사판뿐인 내 몸값은 얼마

계란도 익혀버리는 한여름

플라스틱 의자에 올라 옹벽 철근을 엮다

의자 다리가 주저앉아 팔목이 부러진 근석이

철근 밴딩기에 손가락이 끼여버린 명식이

마누라 점수 따려 거시기에 실리콘 주사하다

거시기가 익어버려 떼굴떼굴 구르던 현식이 형은……

아직은 악으로라도 버티지 않으면 안 되는데

앞산을 넘으랴 뒷강을 건너랴

앞 첩첩 뒤 첩첩

내일을 알 수 없는 이 나라에서

과연, 우리의 몸값은

불통

공사장 못 받은 노임
백만 원!
천만 원!
천이백만 원!
이천만 원!

조금만 기다리세요
우리 신랑은 거짓말 안 해요
추석 안에 줄게요 연말까지 줄게요
지금 한 오억 공사가 나왔어요
큰 현장에서 돈이 안 나와서 그러니⋯⋯
고발할라면 해봐!
⋯⋯⋯???

노동청도 검찰도 판사도 두려워 않는 사장
전화기에 감별사를 두었나
신호만 갈 뿐 감감무소식
2년!

5년!

10년!

느는 건

나이, 술, 주름, 한숨, 흰 수염

남는 건

성긴 머리카락, 눈덩이 같은 빚, 어미 없는 자식

여기가 우리나라 맞는가

믿지 마라

법을 만드는 국회의원 선거를 해도

국가 수반이라는 대통령 선거를 해도

가정을 파괴하는

근로기준법을 고치는 이 없으니

못 배워 진실한 양심만 갖고 사는

노동자가 대통령이 되기 전까진

산을 보았다고 산을 안다 말하지 마라

산을 보았다고 산을 안다 말하지 마라
그대 용기백배 불굴의 투사여
뿔이 있다고 벽을 들이받는 우리의 소는 머지않아
무너지는 지붕의 무게에 깔리고 말지니
산을 보았다고 산을 다 안다 말하지 마라
응달에 뿌리를 두고 자란 나무들의 줄기가 왜
그토록 여위었는지
그들의 팔이 왜 굽어 상처가 많은지

들판을 바라보며 들의 생명을 말하지 마라
눈에 비치는 오색 창연한 꿈으로는
한 평의 생명조차 익히 알지 못할 것을
베이고 밟히고 뽑혀가
어느 집 식탁에서 분해되고 있을지 모를
순하고 어진 운명의 꿈을 더 이상은
말하지 마라

가지를 잘려보지 않고는
밑둥째 잘려보지 않고는

그들이 부르는 노래를 어찌 알겠는가
세 치도 안 되는 그릇으로
얻어들은 알량한 의식 알량한 철학으로 허리 굳어
어찌 자신이 흘린 밥알의 세상을 보겠는가

어찌 보겠는가
아내도 속고 자식도 속이며 못내 쌓인 눈물
밤새 소주로 녹여도 녹지 않을 한들을
철저히 버려지고 짓밟혀보지 않고서
어찌 알겠는가
여보! 나 일 갔다오께 나눈 인사가
몇 걸음도 안 가 천근만근 무거워지고 마는 것을

어찌 알겠는가
남 일만 같던 일들이 내게 터지지 않고서는
더 이상 물러날 곳이 없어 이를 갈고 나서기 전
목숨을 건 싸움이 아니고선
나도 나를 몰랐던 것을
몇십만 원짜리 가방을 메고

몇십만 원짜리 옷을 걸치고
골프장을 오가고
중국으로 미국으로 캐나다로 자식 유학을 보내며
양주잔 앞에서 숨넘어가는 소리가
어떻게 우리를 갉아먹고 있는지 몰랐던 것을

당신이 당신을 사랑하거든
당신이 아내를 사랑하거든
당신이 자식을 사랑하거든
눈 덮은 거적을 걷어내라
그리고 보라
자본의 홍수에 떠밀려가는 우리들의 존재
단맛에 젖어버린 개미들의 죽음을

나는 오늘도 새벽길을 걸으며 나에게 외쳤네
야 이 미친놈아 너는 너를 아느냐
야 이놈아 너를 갉아먹는 게 무엇인지 아느냐
너를 보아라

너를 보고 남을 보아라

내가 나를 알지 못하면
어느 거대한 괴물이 나를 집어삼키고 있는지 모를지니
쇳가루 기름때 범벅이 되어
빈 깡통처럼 밟혀보지 않았거든
어느 날 갑자기 폐기물이 되어 버려지지 않고선
핏발 세워 되찾는 우리들의 권리와 자유
꿈만 같은 평등 평화 행복

말하지 마라 말하지 마라
산에 들어 응달에서 다리가 꺾여보기 전엔
큰 나무 작은 나무 어울려 하늘과 만나는
피눈물로 이루는 그 큰 산을 감히 말하지 마라

(2005년 비정규직 노동자와 농민이 함께하는 송년 한마당에서)

제3부

고개에 앉아서

찬바람이 살갗을 파고든다
지난 시절은 주저 없이 가버렸다
그러나 살아야 하리라
저주하듯 온갖 고통들이 나를 에워싸고
외로움에 지쳐갈 때
그 외로움은 거울이 되어 나를 깨우리라
속속들이 어제와 오늘의 나를 비추어 깨우리라
늘 내 안과 밖에 내가 있으리라

거울 속의 주인

참 오랜만에 집에 돌아와 커다란 거울을 들여다보니
험상궂은 사내 하나 나를 보고 있습니다
얼굴은 온통 검게 탄 데다 기미투성이
수염이 거칠게 돋은 그에게 당신 누구냐 물으니
너는 누구냐 되묻습니다
어린아이들만 집에 놔둔 사이 애비가 바뀌었나 생각하니
고향 산골 논밭 징하게 지게질하다 관절염에 골수염
발목까지 절단한 창평양반 닮았습니다
깡소주에 얼굴이 검게 타들어 간

하룻밤 동거를 하고 떠나는 길
자꾸만 떠오릅니다 혹여 내일의 나는 아닐까
너무 빨리 와버린

조각배

흔들리며 흔들리지 않으며 나아가네
깊은 물 얕은 곳 지나가네
어둠 내려 어둠 속에 잠들면
뱃전엔 쌓이는 눈

비 내리면 비가 되어 흐르지
고이는 빗물 퍼내며
슬프건 슬프지 않건 노래 부르네
바람이 불어도 불지 않아도 가네

태풍에 뱃머리 부서져 물이 들면
퍼내다 퍼내다 내 몸 줄여
작은 조각배에 몸을 싣네
홍수 낭떠러지 신이 나네

어허 어허야 어느새 노래도 흘러
흔들리며 흔들리지 않으며 나는 가네
밤에도 낮에도 보이지 않는 바다
빠르게 빠르지 않게 흘러가네

나를 버릴 때

천 년 전
자운영꽃 머리에 꽂고
천지를 호령하던 공주가
나무도 풀도 살지 못하는 삭막한 곳으로
끌고 가는 세월에게 저항하다 그만
입을 다물지 못하고 그대로 미라가 되어버린
꿈을 다시 꾸다가
나를 잡으려 쫓아오는 그쪽의 무리들에게
잡히지 않으려 온 힘을 다해 뛰고 뛰었건만
난 늘 제자리걸음이었다
나 혼자 그만 지쳐 움직이지도 못했다

그토록 끊으려 했던
사랑이나 미련이나 원망이나 분노 중
부드러운 한 가닥 넝쿨도 잘라내지 못한 채
나는 더욱 깊이 그들 속으로 빨려 들어가 있었다

방법이 없다.
이젠 내가 나를 버릴 수밖에

발효

밀가루 세 바가지
잘 익은 막걸리 한 잔
설탕 네 숟갈
물 붓고 주무르고 이겨서
윗목에 겹겹 콧물 눈물 절인
이불 덮어놓고 기다린다

열서너 살 아이들
싫은 말 궂은 말 좋은 말 보태 넣고
홀쭉한 배 만지작 만지작
머리 쓰다듬어 잠재운다

내일이면
내일이면 조금 더 불쑥 부풀 아이들

무릎을 펴며

비는 그치고 구름은 여전히
햇살이 내려올 공간을 내놓지 않는다

어리석은 예보라 비웃는가 가늠할 수 없는 속도
가늠할 수 없는 수량의 비가
붉은 꿈 걸린 고추밭
검푸른 핏줄 쌩쌩한 다리 곧추세운 벼논
모조리 휩쓴 뒤
보잘것없는 내 일생의 바람을 막아주던
둑이 무너진 자리에 웅덩이만 깊다

먼 길 뿌리째 휩쓸려 와 뼈만 남은 느릅나무
얼굴을 알아볼 수 없는 풀들
스스로 흐르지 못한 것들이 고이는 이 얕은 곳
썩어가는 물속에서도
지난 시간을 버릴 줄 아는 유충들은 떠나고

오십 년 세월이 무리였나

도무지 살 것 같지 않은 느릅나무 다시
실뿌리를 내리는 웅덩이를 바라보다
좀처럼 펴지지 않는 무릎을 쥐어 잡고
몸을 일으켜 걷는다 한 걸음 또 한 걸음
삐걱 삐걱 걷고 또 걷는다

대파를 다듬으며

며칠 전
우리 식구 하루 분량의 대파를 살 수 없어
제일 작은 묶음 한 단 골라
남는 것 혹여 시들까 냉장고에 넣었는데
겉이 얼어버렸다
차라리 거치적거려도 밖에 두었으면
제 몸 건사하지 못한 놈처럼 시들했을 뿐인데

혼자 아이들 키우다 보니 배었나
일만 시키고 사라진 존재들 때문이었나
농협 빚 이자 막고 가스비 수도세 막고
전기 끊길까 관리비 막고 의료보험공단 독촉장 막고
매일매일 자라는 아이들 철 따라 옷 사 입히고
어려운 티 날까? 때로는 부러 마시는
막걸리 기운에 스미었나

쉬 버려지지 않는 상처의 뿌리들 안고
한 겹 한 겹 물러진 껍질을 벗기자니

유두 같은 속살 보석처럼 빛나는 줄기 나오지 않아
도대체 그 끝이 어디냐 끝까지 벗기고 벗기는데
어! 이것 봐라

허허! 아무것도 없네
무얼 하려 나는 그 텅 빈 곳에
짓눌려 무릎 망가지도록
그리도 많은 것들을 쟁여놓았는가

구멍 난 배춧잎

미끈한 하얀 다리 노란 속살도 서슴없이
늘어선 닷새장 도로변 채소전 한 귀퉁이
밤새 바람에 두들겨 맞았나 푸른 바다에 취했나
여든하나 구랑실댁 시린 무릎 앞에 펄펄 살아 날아갈 듯
배추 포기, 구멍 숭숭 뚫린 속도 푸른 배추 포기
한나절 또 한나절 쌓인 시름도
무거운 졸음도 다시 깨워

벌레 묵은 것이 지일 좋은 것이여
가뭄 가뭄 올 같은 무자년 무작스런 가뭄에
폭 삭쿤 쇠두엄 똥오줌 이어다 붓고
애벌레 달팽이 잡아감스로 혼자 키윘어
오매 오매 요 내 새끼들 어따 내놔도 안 부끄르와
여순 난리에 신랑 뺏개불고 이날 이때꺼정
집안 목숨 전답 목숨 이 할망구가 다 키왔제
감히 어찌 사장이나 대통령이 요런 걸 묵을 중 안당가
약 멕이고 주사 맞혀 껍덕만 번지르으한 놈 묵은께 그놈들
맨날 허는 짓거리가 없는 놈들 갉아먹는 짓거리 아니등가
요렇게 갉아멕힌 배추는 속창시 깨긋헌 사람들이 묵어

야 써
아, 그래야 밥이 되고 힘이 되제

어느 세월 벌레가 저리도 빈틈없이 파먹었나
쟁기질한 비탈밭 고랑 같은 얼굴, 고무래 허리
저 밭고랑에 심은 씨앗들 싹 틔워 일어나
구름 되어 갔는지 가슴에 키우는지
열여덟 흰 저고리 연분홍 치마가 핏빛에 물들어
장거리 노을로 덮어오는 해거름

저 배춧잎보다 더 갉아먹힌 지천명 빈민 노동자
살 시린 파장 맴돌다 구멍투성이 배추 한 단 안았네
막걸리 두 병 삼천 원 그보다 싸게
푸르디푸른 기운 핏줄마다 쏟아붓기 위해
한 가슴 복권보다 좋은 행운 한 보따리

내일은
새벽 벌떡 일어나 마침내 일터에 가겠네

마늘 상처

마늘 중에서도 육쪽 마늘이 제일이라지요
여물기로는 밭마늘을 따라갈 자 없습지요
요소 질소에다 퇴비도 넉넉히 받아먹고
땅심 깊은 양지에서 자란 녀석이야 통실하지만
자갈 섞인 사질토 북풍받이
푸른 칼 세워 견딘 놈들
벌레도 범접 못 할 돌콩 같은 자식들 한 접
큰들양반 작은 첩처럼 처마 밑에 두었지요

몇 달을 잊고 살다 찾아낸 마늘 한 접
옷 벗긴 알마늘 상처가 깊습니다
하루 한 번이라도 내 외로움이
그대 외로움을 만났더라면 싹이라도 틔웠을까
궁궐도 비워두면 무너지고 바위산도 비바람에 삭는 것을

나랏님도 의원님도 관심 밖의 외딴섬
갈 곳도 물러설 곳도 없는 깜깜한 막판
노가다꾼 희망을 빼앗은 오야지는

법 밖의 세상으로

늦은 구름 타고 유유히 사라졌습니다

냉장고

마침내 냉장고 모든 기능이 멈춰버렸다
열두 해 전 함께 이사 온 TV와 오디오는 벌써 집을 떠
났고
세탁기는 벨트를 갈고 나서야 제 이름값을 하는데
크고 작은 병을 치르며 지금까지 버텨온 것만 해도
대단한 노역이었다

냉장고 모든 기능이 멈춰버린 날
지갑이 보이지 않았다
시장 근처 정육점에서 얼린 곰탕을 사고
쪽파 한 단 후춧가루 한 통
마지막으로 집 앞 구멍가게에서 막걸리를 산 뒤
집에 돌아와 곰탕을 끓여 아이들에게 먹였는데
어디에서 내 정신은 기능을 잃었을까

통장도 보이지 않아
습성을 따라 책꽂이를 뒤지고
옷의 주머니를 뒤지고 가방을 뒤져도 나오는 것은

켜켜이 쌓인 먼지뿐

며칠이라도 청소를 하지 않으면 이렇게 먼지가 쌓이는걸

그동안 청소를 못한 내 안은

얼마나 많은 먼지가 쌓였을까

요즘 이렇게 오래 사용한 사람 없어요

전자 회로판 생명이 다 되었습니다

회로판을 통째로 바꿔야 해요

수리공이 회로판을 갈자

냉장고는 신나게 돌아가기 시작했다

내 머릿속 회로판도 바꿔주시지요 농담을 건네며

냉장고 위를 살피니

지갑은 그곳에 조용히 누워 있었다

회로판 옆에 누워서 나를 내려다보고 있었다

아무래도 나를 폐기 처분하든지

하루라도 빨리 내 회로판도 바꿔야 할 때이다

삶의 헛수고

노력하지 말아야 해
불어오는 바람이 겨울날이었다면
따뜻하여지기를 바라지 말아야 해
내가 그 추위에 마음을 다잡아도
그런 바람으로는 꽃이 피지 않으니
나뭇가지가 쓸쓸하여서
그리운 날 있을 거라며
두꺼운 외투를 걸치며 기대이고
싶어 하지 말아야 해
차라리 고독으로 살아가면은
어두운 밤하늘에 별의 아름다움으로
마음 달래어보며
비가 내리는 날은 가슴은 뭉클하여
눈시울 적시니 눈도 건조하지 않을 것이며
흰 눈이 내리는 날에는
그 모습에 젖어서 길을 걷는 낭만도
맛볼 수 있으니
지금 부는 바람이 차가운 느낌이라면

생각으로는 깨끗이 잊어야 해

그러지 않으면

삶은 언제나 헛수고로 끝나질 테니

세월

이것 봐라
금방
손아귀에 가득한 물
다 빠져나갔다.

저것 봐라
조금 전
산등성이 걸친 구름
흔적도 없이 사라졌다

바람 뛰어놀던 들판 황금 벼논엔
벼포기, 벼포기만 남고

해가 뜬다
졌다

자꾸만 느려지는 발걸음인데
지천명 세월에 무천명이라

미련도 없이 달려가는 저 강물을

내 어찌 부르랴

미혹한 내가 어찌

스승

이 세상 생명이 있는 것과 없는 것

형태가 있는 것과 없는 것

흐르는 것과 머무르는 것

밝은 빛과 어둠

높이 솟은 것과 최대한 낮은 것들

노동을 착취한 자와 빼앗긴 자

죽은 자와 산 자

고통을 준 자와 기쁨을 준 자

음의 생식기와 양의 생식기를 가진 자

꽃 피워 열매를 맺는 것들과 폐쇄화로 번식하는 것들

일어서는 것과 주저앉는 것들

나이가 적고 많은 자

자식과 부모

이 모두가 저에겐 등불입니다.

이 모두가 저에겐 스승입니다

제4부

바위 위에 씨앗을 심는다

길은 보이는 것만이 길이 아니더라
어미 애비 조 이삭 보리 이삭 이고 지고
걷다 넘어지다 산언덕 흙집에 들고
도시로 간 사내들 간간이 길 막혀
사람의 길을 내다 손목이나 발목을 팔고 돌아온 길

평탄한 것만이 좋은 길이 아니더라
때로는 길인지 안방인지 별천지인지
잠들어 잃어버린 시간의 주인은 그저 꿈일 뿐
곧게 뻗은 길은 미몽의 터널로 이어져
사람의 마을은 죄다 부서진 환상의 헛간에서
눈 뒤집힌 걸구들만 뒤엉켜 전쟁의 상흔을 떠올릴 뿐

우리 바라는 길은 순순히 문을 열지 않더라
누군가 가자 했던 그 길은 무너지거나 닫혀 있고
집채만 한 바위가 어느새 떡 버티고 서서
더 이상 너희들의 길은 없다 눈 부라리며

가라 무지갯빛 꿈을 내려놓고 돌아가라는데

멀다 험하다 돌아설 길이었으면
희망의 보따리는 챙기지 않았으리라
누군가 걷다 만 길도 고쳐서 가고
막힌 길은 뚫어야 길이 되는 법
오늘은 세상 큰 바위에 씨앗을 놓으리라

바위 위에 심은 작은 생명이
싹도 틔우기 전 바람에 날리거나 메말라 죽을지라도
수천수만 씨오쟁이에 꿈틀대는
평화의 씨앗을 심고 또 심나니
농익은 사랑을 깔고 북돋으면
군사독재보다 거대한 게걸스런 자본의 바위
권력의 향수에 마비되어 굳어버린 탐욕의 바위
끝내 부드럽고 작은 뿌리에 쪼개지고 부서져
무지렁이 가난한 꿈의 길은 열리리니

오늘 그리고 내일도 검은 바위 정수리에

씨앗을 묻는다

다리 잘린 나무는 앉은 채로

팔 잘린 나무는 맨몸으로

하찮은 것들이 서로 모여 풀꽃 눈빛 반짝이며

희망을 심는다 꿈을 심는다

그곳에 가면

한반도 남녘에는 전설이 하나 있지
어느 날 갑자기 섬이 되어버린 도시

그 섬에는 언제나 바람이 불어
그 바람 속엔 찔레꽃보다 진한
눈물의 향기가 강 되어 흐르지

향기샘을 찾으려면
누구나 허리를 굽혀야 하네
고개 숙여 정중히 엎드려야 보이네

보게나 벗들이여
폭풍에 쓰러진 몸들 기꺼이 썩어서
피워내는 들풀의 푸른 함성
낮은 목숨들이 일궈내는
세상에서 가장 아름다운 꽃
민중의 꽃

어느 날 갑자기 섬이 되어버린 도시

결코 외롭지 않지

폭풍에 맞서며 쓰러지며

그해 오월이 만들어낸 들불 같은 사랑

울도 담도 없이 넘쳐흐르지

희망의 꽃 자유의 꽃
— 박관현 열사를 추모하며

이 나라의 봄은 남녘에서 시작하지만

꽃은 핏빛 울음으로 피노라.

미치광이풀의 향기에 미쳐버린 무리들이

동토에 오는 봄을 그냥 두지 못해

총칼로 난자해버린 1980년 5월

꽃들은 전투화 밑에서 스러지고

시민의 가슴에서 피노라

장갑차가 장악한 계절이라고

봄은 물러가지 않는다

1980년 5월의 봄은 희망이며 꿈이었다

아서라 수백 명 목숨을 빼앗는다고

수백만 가슴에 피는 꿈을 꺾을 수 있겠느냐

한 목숨 스러진 자리

백만 송이 피는 꽃이여 어두운 광야를 밝혀오는 들불이여

가슴에서 가슴으로 피어라

고통에서 고통으로 피어라

협박과 고문 속에서도 민중이 주인 되는 나라를 위하여

아, 그 평화로운 나라를 위하여

의연히 맞선 죽음의 투쟁이여

열사여 그대 그 큰사랑 영원하리니

당신은 자유의 꽃

당신은 민중의 꽃

당신은 희망의 꽃

독재와 억압과 어둠의 무리가 있는 곳에

뜨겁게 피어나소서

가슴과 가슴을 잇는 해방의 불꽃이여

벼랑 끝의 천사
— 노무현 대통령 영전에 바칩니다

노무현 대통령!
당신은 벼랑 끝에 선 천사였소
상고밖에 못 나온 처지에도
당당히 법관이 되었을 때
법대를 나와 법관이 된 사람들은 당신을 애써 무시했지요
당신이 군부독재에 끌려간 사람들을 변호할 때도
한쪽에선 깔아뭉갰지요
결국 당신이 민중의 힘으로 정치꾼이 되었을 땐
당신은 민중의 힘으로 껍데기가 벗겨지고
상상도 못 할 민중의 대통령이 되었지만
그것은 벼랑이었습니다
유신독재와 군부독재에 길들여진 세력들은 길길이 날뛰고
학력과 부정으로 치장한 사람들은
당신을 벼랑 끝으로 몰았지요
반역의 언론도 독재의 권위에 길들여진 검찰도
독재의 세상에서 자라난 재벌도 투기꾼도
야욕에 사로잡힌 정치꾼마저 당신을
또 벼랑으로 몰더군요

그러나 당신은 당당하게

벼랑 위에 두루마기 휘날리며 섰습니다

하지만 그 높은 벼랑에 서서 바라보니 참 많은 것이 보이던가요?

늙은 농민도 보이고 땀에 전 노가다꾼도 보이고 기름때에 전

노동자도 보이던가요?

막상 그 자리에 새삼스럽게 서보니 너무나 많은 것이 보이고

선진국이나 후진국도 보이면서 이 나라의 미래도 보이던가요?

바보같이도 솔직한 대통령 노무현

이해합니다 이해합니다

이젠 청와대에 대통령이 없습니다

끊임없이 사람탈을 쓴 자들만이 있어서

국민의 소리를 알아듣지도 못합니다

그들은 지난날 당신이 남기고 간 발자국 두려워합니다

권력형 폭력을 맘껏 휘두르기엔

당신님이 너무 커다랗게 그 길을 막고 있었거든요
하여 당신의 흔적을 지우려고 흠집을 내며
벼랑으로 몰았지요
허나 당신은
국민의 가슴에선 영원한 대통령입니다
부처는 죽고 없어도 깨달음의 진리는
사람들의 마음에 영원하듯이
예수는 죽고 없어도 그 길을 따르는 자 영원하듯이

벼랑 끝에 서 있어도 두렵지 않던가요?
허나 그곳은 당신님 고향이었습니다
아마 천국에서 오신 자리일 것입니다
우리 민중의 자리가 다 벼랑입니다
벼랑에서 살고 죽는 것은 천국과 지옥이지만
당신님 떠난 뒤 우린 그 벼랑에서
정신을 가다듬고 압제와 싸워야 합니다
당신은 정말 벼랑 끝에 선 천사였습니다
벼랑 위의 천사여!

이제 떠나야 하는 세상

남은 우리들이 진실과 진리와 자유를 용기로 밝힐 수 있
도록 하시고

영원히, 벼랑이 아니어도 사는 나라를 이루게 하소서

당신님의 지혜와 자비로 충만케 하소서!

열사여! 평화의 사도여!

— 이정순 열사 추모시

돌아오시라
돌아오시라 열사여
낮이라면 햇빛으로
밤이라면 별빛으로
궂은 날이면 빗줄기로 내려오시라

너무나 일찍 만난 가난의 눈물강 훌쩍 건너
주린 자 채워주고 지친 자 다독이고
병든 자에게 오장육부라도 떼어주신
그 크나큰 사랑
성녀 카타리나여
등신불이여

돌아오시라
돌아오시라 평화의 사도여 예수의 길을 따라
당신이 앞장서서 다 짊어지고 가신다는
5·6공 죄인들은 여전하고
독재의 노예들이 미친 신들의 숭배자와 함께

장악한 이 나라는
물도 술도 아닌 것들이 판을 치고
뇌의 절반이 굳어버린 사람들이
오른쪽만을 바라보며 살아가나니

당신이 그토록 간구하며 목숨 바쳐 외치던
남북 평화통일은 그들로 하여 막히니
통일된 나라에서 살 권리도
평화 속에 살 권리도
여영 멀기만 하는가요
당신의 노래대로
더 크고 더 확실하게 피우려고
천천히 아주 천천히 조심스럽게 오는가요

돌아오시라 크나큰 사랑의 어머니여
돌아와 들려주소서
그토록 소원하던 통일은 언제인가를
그토록 기원하던 평화의 날은 언제인가를

하여 우리가 희망의 종소리를 듣고
힘차게 새벽을 열어갈 그 날이 언제인가를

고관대작들의 성터 밖에는 망각의 나무들이
허무하게 미풍에도 흔들리고
비둘기 마음대로 날 수 없는 은산철벽(銀山鐵壁) 이 나라에
당신의 축성(祝聖)이 헛되지 않도록
당신의 영혼 당신의 뜻을 다 함께 새길 수 있도록

돌아오시라 열사여
돌아오시라 성녀 카타리나여
당신의 간절한 기도
당신의 간절한 소원 통일 이루어지도록
메마른 들녘 푸른 생명의 물결로
겨우내 산을 지킨 나무들 가지마다
푸른 움으로 피어나시라
하여 그 소원 가슴마다 뿌리내려
기어이 꽃바다 이루는 날

정의와 평화의 날개를 저으며

비둘기도 힘차게 하늘을 수놓으리니

천지사방 천지만물 모두에게

우리 가슴에 뜨거운 노래로 내려오시라

열사여 통일의 사도여

지지 않는 꽃

— 김남주 시인 20주기를 돌아보며

그립다 말을 해도 그립습니다
함께 걷던 길
시간이 짧아 그리운 사람들과 함께 자취방에서
밤을 넘겨주고 받던 조국 통일 민족 민중
형님! 당신께선 그 길에 늘 서 계셨지요
우리가 계획도 없이 왜 운주사로 갔을까요?

당신이 잠시 형체를 바꾼 이 나라엔
아직도 자유가 멍이 들고
노동자 농민의 권리는
자본의 파도에 흔들립니다
그토록 그리던 조국의 통일은
이념과 사상의 틀에 묶이어 더더욱 어두워지고
이 나라의 운명은 고개를 돌리지 못하는
침략자의 혓바닥에서 굴러다닙니다

보이는 길보다
길 아닌 길을 가는 이는 늘어나고

가슴에 열정은 식어

사랑도 없이 희망도 없이 살아가는 이들은 늘어나

정의 평화 통일 배려 이런 낱말들은

가슴에서 떨어져 수없이 발에 밟히는 시대

캄캄한 하늘 외로이 떠서 빛을 비추는 별이여

모진 바람 부는 들판 꿋꿋이 서서 피는 꽃이여

끊어진 길 끝에 환하게 핀 꽃이여

당신은

살아서나 죽어서나

우리 가슴에 영원히 피어 있는 꽃이려니

영원히 지지 않는 꽃이려니

그토록 사랑했던

나눔과 자유와 평등과 통일의 꽃으로

우리 가슴에 영원히 피어나소서

만인의 가슴에 영원하소서

(2월 15일 광주 5 · 18 묘역 김남주 시인 추모제에서 낭송)

기나긴 잠

　　— 오랜 잠에서 깨어나다

잠에서 깨어나니

내 나이는 육십을 넘었고

앞길 건너 논밭에는

25층 30층 아파트가

숲을 이루었다

도대체 나는 몇 년을

잠의 늪에 빠져 있었는가?

홀아비 어린 자식들은

군대를 제대하고…… 입대하고

뒷산 숲에는 산목련 가지 꺾인 산벚나무

새하얀 구름꽃을 피웠다

살아야지

백일해 뇌막염 뼈 으스러짐 교통사고 결핵……

불행의 난전이여 병마의 백화점이여

그래 오거라

다시 또

또다시 나는 일어서리라!

싱싱한 꿈을 품고

옹골차게

의연하게 강물처럼

정월 대보름 불꽃처럼 살아갈지니

통일이 되는 그날까지 –

아직은 살아야 할 이유가 충분하지 않은가!

떠다니는 섬
— 광주민중항쟁을 기리며

그날
광주로 가는 모든 길이 끊기고
전라도로 가는 길도 막히고
대동여지도에도
세계 지도에도 없는 섬을 보았다

유신의 철망이 무너지고
신분의 담이 무너지고
남녀노소가 한마음이 되어
모든 것은 자유였다 기쁨이었다
절름발이 통일이라도 이루어질 조짐이었다

그러나
열망을 짓밟고
사랑을 짓밟고
자유를 짓밟고 섬을 침략해 오는 것은
다름 아닌 무자비한 자유였다
모든 길을 끊어내고
한 무리 저항마들의 탐욕을 위한

또 다른 자유가 춤을 시작했다

푸른 제복의 전투화 밑에서
박달나무 방망이에서
날 선 대검 끝에서
엠16 총구에서
자유는 또 다른 자유를 먹고 미쳐
휘두르는 신들린 춤에
난자당한 어린 누이의 붉은 젖가슴
짓밟히고 으깨어진 푸른 꿈들이여
뻗어버린 푸른 청춘이여
아! 민중의 자유는 쫙쫙 찢어져
걸레가 되어버린
가슴 뚫린 조국의 희망이여

수많은 세월이 가도
오월은 한 걸음도 앞으로 나아가지 않는다
수많은 세월이 흘러도
선명하게 살아올 뿐

부끄럽게 살아남아 바라본다
암담한 대낮
일을 찾아 떠돌며 기억한다
이철규 이내창 박창수……
박태순 문영수 이재근……
차마 눈을 감지 못하는
이루 말할 수 없는 수많은 영혼들을

또다시 기억한다 우리는
사충처럼 기어드는 다국적 기업과 매판자본
배웠다는 놈들이 망쳐놓은
미국식 논리 속에
비틀거리는 조국을 떠받치는 노동자를
죽음으로 내모는 권력의 앞잡이들
고급 노동자와 캐리어 하청 노동자의 차이를
잔인하게 짓밟힌 대우차 노동자들의 절규를

이 땅의 민주주의 꿈은 떠다니는 섬
이 땅의 오월의 영혼은 떠다니는 섬

해마다 오월이면 쓰러진 청춘의 붉은 피
담을 기어오르는 넝쿨장미에 붉은 등 켜고
해마다 오월이면 부서진 백골
아카시 가지 끝에 줄줄이 매달려 흰 등 켜고
해방 세상 기다리지만
인간의 권리가 썩고
꿈이 썩어버린
국회의사당이 노동자들로 채워지기 전에는
어찌 이 땅에 오월이 끝났다고 말하랴

평등으로 가는 길 끊어지고
죽음이 차라리 편한 세상의 바다에
길을 열어갈 자 노동자 아니고 또 누구인가
가슴마다 떠다니는 섬들을 이어
완전한 한 나라에
통일의 깃발을 꽂기 전엔
하느님도 도망간 피의 바다에
우리들의 꿈도
80년 광주의 5월도

잠들지 못하는 떠다니는 섬

떠다니는
섬!

(광주민주항쟁 21주년에 쓴 시)

날자 한 번만 날자,
김기홍 너는 그렇게 가버렸구나

김해화 | 시인

7월 26일, 일 마치고 돌아오는 길이었을까? 섬진강 다리 근처에서 김인호 시인에게서 청천벽력의 전화를 받았다.

"기홍이 형이 세상을 떠났다는 소식이 있네요."

"뭔 소리여? 엊그저께 몸 많이 건강해져서 곧 일 시작헌다는 소식을 들었는디ㅡ."

믿을 수 없는 일이었지만 사실이었다. 노동자 시인 김기홍은 2019년 7월 26일 새벽 스스로 세상을 버렸다.

김기홍은 1957년 음력 5월 13일 전라남도 승주군(지금은 순천시) 주암면 구산리 금곡마을에서 태어났다. 6남 1녀 중 넷째, 남자 형제로는 셋째다. 1970년 주암국민학교(지금은 주암초등학교)를 졸업하고 1973년 주암중학교를 졸업했다. 1973년 순천농림전문학교(지금은 순천대학교)에 입학하여 재학 중 뇌막염이 발병하여 휴학한 뒤 복학하지 않았다. 당시 순천농림전문학교가 5년제였는데 김기홍이 고등학교 과정 중에 그만두었으니 아마 1974~1975년 무렵이었을 것이다. 그 무렵 김기홍은 서울 〈사계문학〉 동인으로 활동했다. 함께 활동했던 사계문학 동인 중에서 내가 기억하는 이들은 김명수, 민종덕, 강지산 시인이 있다.

김기홍은 주암국민학교를 나와 같이 1964년에 입학하여 1970년에 졸업한 46회 동창이다. 나는 중학교에 진학하지 않고 농사일과 공장살이로 이곳저곳을 떠돌다가 고향으로 돌아와 주암면 구산리에 있는 양송이를 재배하는 양정산업이라는 회사 기계실에서 일을 하고 있었다. 순천농전을 휴학한 뒤 치료와 요양을 하던 김기홍이 건강을 회복하여 양정산업에 일을 하러 나온 것이 그 무렵이었다.

내가 만나지 못한 중고등학교 시절의 김기홍에 대해서는 아는 일이 없다. 국민학교를 졸업한 뒤 6~7년 만에 김기홍을 다시 만나게 되었다. 나는 국민학교 다니면서 국어 시험 점수가 좋다는 이유로 문예부에 끌려나가 억지로 동시나 산문을 썼다. 중학교로 진학을 한 김기홍과 달리 중학교에 진학하지 않은 나는 그 지긋지긋한 문예부로부터 벗어났지만 책을 좋아하는 버릇은 버리지 못해 눈에 띄기만 하면 닥치는 대로 책을 읽어댔다. 동네 누나나 형, 어른들이 보던 책들이었는데 그 속에는 김소월의 시집도 있었다. 나는 그냥 김소월의 시를 읽고 그 시를 흉내 내는 수준이었는데 다시 만난 김기홍은 정식으로 문학에 대해 공부하는 문학도였다.

내가 쓴 시를 보더니 첫말이 "이런 것도 시라고 쓰냐?"였다. 김기홍이 쓴 시를 보니 사실이었기 때문에 할 말이 없었다. 그러건 말건 서로 문학에 관심이 있다는 것을 알고 나서 우리는 더욱 가까워졌다. 김기홍은 퇴비를 생산하는 현장에서 낮에 일하고 나는 기계실에서 밤에 일을 해야 해서 만날 수 있는 시간이 넉넉하지는 않았지만 서로 작품을 주고받고 토론을 하면서 문학에 대한 열정을 키워나갔다.

몇 달쯤 지나 김기홍이 먼저 공장을 그만두고 낮에 기홍이를 만나 시간을 보내다가 저녁에 공장에 나가는 일을 빼먹는 날이 잦아지면서 나도 공장을 그만두었다. 낮 동안 면소재지에서 술을 마시다가 밤에는 함께 김기홍 집에 가서 자거나 우리 집에 와서 자는 날들이 이어졌다. 사람들이 우리들을 쌍고라니라고 불렀다. 어떤 사람들은 바늘과 실이라고도 했다.

이미 이름 있는 문단 사람들과 교류를 하고 있던 김기홍의 집에는 문예지들이 많았다. 『창작과 비평』 『월간문학』 『시문학』 같은 문예지들에 실린 시들을 읽으면서 시에 대해 밤 깊도록 이야기를 나누었다. 나는 주로 『창작과 비평』에 실린 시들에 관심이 많았는데, 문병란 시인의 「땅의 연가」에 큰 감명을 받았다. 「땅의 연가」 이후 내 시가 비로소 시의 모습을 갖추기 시작했다. 김기홍이 계속 사계문학 동인 활동을 통해 중앙 문단과 교류를 이어가는 동안 나는 『새농민』과 학생 대상 잡지의 독자란에 시를 투고하면서 시를 다듬어갔다.

김기홍은 다재다능했다. 내가 아는 세상의 온갖 재주 중 못 하는 것이 없었다. 축구나 배구 같은 스포츠는 물론 노래와 춤 같은 예능에도 뛰어났다. 기타도 잘 치고 작곡도 할 줄 알아서 내가 노랫말을 쓰고 김기홍이 곡을 붙여 노래를 부르기도 했다. 당시에 크게 히트를 친 〈난이야〉라는 노래를 작곡가에게 직접 받아서 연습까지 했는데 취입을 할 돈이 없어서 이 아무개 가수에게 빼앗겼다며 아쉬워하기도 했다. 김기홍의 노래 실력은 아는 이들이 모두 인정을 할 만큼 뛰어났다. 트롯 경연을 하는 방송을 잠시 보았는데 내가 보기에 김기홍보다 더 노래를 잘하는 출연자들이 없었다.

하지만 1970년대 후반기 우리가 지역을 평정한 것은 술이었다. 막걸리 한 통개(스무 되들이 한 말) 들고는 못 와도 뱃속에 담아서는 온다는 말이 김기홍 중학교 1학년 때 내가 듣던 말이었으니. 내 주량이 막걸리는 배가 불러 못 마셔서 소주를 주로 마셨는데 당시 소주는 25도 아닌가? 술맛이 쓰다고 커다란 주전자에 콜라 한 병을 붓고 나머지는 소주로 채워서 소콜이라는 칵테일을 만들어 맥주잔에 따라 서너 주전자씩 마셔대면서 낮부터 밤까지 면소재지를 휩쓸고 다녔다.

그 무렵이었을 것이다. 김기홍이 주도하여 문학에 관심이 있었던 광주와 주암의 고등학생들과 함께 문학 모임을 만들었다. 이승예, 정대연, 공용철, 조동례, 김해화, 김기홍이 함께했다. 주암면 광천리에 있는 '춘양원'이라는 중국집 2층에서 토요일 오후에 모임을 갖고는 했다. 『불모지』라는 제목을 가진 작은 작품집을 한 권 등사기로 밀어 만들었는데 찾을 수가 없다. 그 모임 이름이 아마 〈승주문학회〉였던 것으로 기억한다. 1970년대 말 김기홍은 육

군에 입대를 하여 원주에서 헌병으로 군대 생활을 한다.

1980년 제대를 한 김기홍은 서울의 한 출판사에서 직장 생활을 시작한다. 그 무렵 나도 서울로 올라가 을지로 인쇄소에 일자리를 잡았지만 낮은 임금으로 견디지 못하고 동두천 양계장을 거쳐 공사장 노동자가 되어 서울을 떠났다. 내가 서울에 있는 동안에도 우리는 자주 만나지 못했고 김기홍은『월간음악』기자로 자리를 옮겼다. 내가 기억하는 김기홍의 자취방은 쌍문동, 암사동, 아현동에 있었다. 주머니를 털어 술을 마시고 막차가 끊겨 남은 돈만큼만 가자고 택시를 타고 암사동 자취방으로 가다가 천호대교 중간에서 택시에서 내려 한겨울 밤 매서운 눈보라 속을 걸어서 다리를 건너던 추억이 지금도 가끔 떠오른다. 쌍문동 자취방은 전태일 열사의 집 이웃이어서 어머님을 뵙겠다고 집을 방문한 적도 있다. 어머님은 안 계시고 누이들만 집에 있었다. 술 한 잔 마시고 김기홍이 자취하는 동네로 오르다가 쌍문동 고갯길에서 돌아서서 산 아래 펼쳐진 야경 속에서 빨간 십자가를 헤아리다가 다 헤아릴 수 없어서 포기하고 죄 없는 하나님에게 욕지거릴 내뱉던 추억도 뒤엉켜서 정리되지 않는다. 그 무렵 문학에 대해 진지한 이야기를 나눈 기억이 없는 것을 보면 김기홍은 아마 사계 문학 동인 활동에 치중하고 있었을 것이다.

서울을 떠나고 몇 달 뒤 나는 처음 일을 시작한 현장소장에게 잘 보여서 서울 현장으로 함께 가자는 제안을 받고 짐을 실은 화물차에 실려 밤을 새워 서울로 갔다. 5층짜리 아파트 단지가 보이는 잠실 벌판에 새벽에 짐을 부렸다. 아침부터 각재와 낡은 합판을 세우고 덮어 물과 화장실도 없는 간이 숙소를 만들고 몸을 누이면서 공식적인 내 공사장 노동자의 삶이 시작되고 「인부수첩」이라는 시가 지어지기 시작했다.

1981년이었다. 좀 일찍 일이 끝난 날 아파트 단지로 걸어 나가 상가 앞 공중전화에서 김기홍의 직장으로 전화를 했다. 서울로 왔다는 소식과 함께 잠실 현장의 위치를 알려줬다. 며칠 뒤 김기홍이 공사장으로 찾아왔다. 일 마치고 근처 포장마차에서 동료들과 함께 어울려 술을 마셨는데 그날 이후로도 김기홍은 잠실 현장에 가끔 들러 동료들과 인연을 이어갔다.

지하철 신도림교 건설에 필요한 피시빔을 제작하는 서울 공사를 마치자마자 부산 지하철 건설에 필요한 피시빔을 제작하기 위해 부산으로 내려갔다. 피시빔 제작에는 제법 넓은 터가 필요했으므로 현장은 동래 거제리에 있는 사직운동장 예정 부지였다. 현장 주소를 알아내서 김기홍에게 편지를 했다. 우리는 편지를 통해 작품을 주고받고 살아가는 이야기들을 주고받았다.

어느 날 편지를 통해 알려주었던 현장 사무실 전화로 김기홍에게서 전화가 왔다. 부산 해운대라고 했다. 김기홍은 슬픔에 빠져 있었다. 당장 자살을 할 것 같은 위기감이 느껴져 일을 하다 말고 현장소장에게 돈을 빌려 택시를 타고 해운대로 달려갔다. 해운대 누군가의 자취집에 있다는 김기홍을 불러내 다시 택시를 타고 거제리 현장으로 함께 왔다. 빌린 돈으로는 술을 마실 여유가 없었다. 식권으로 모든 것이 해결되는 함바집에서 낮술을 시작하여 저녁에는 동료들과 어울려 그날 밤 숙소에서 함께 잠을 잤다. 그때 동료들 중에는 고향 후배들이 몇 있어서 김기홍도 함께 어울리는데 불편해하지 않았다. 기분이 나아진 김기홍을 다음 날 차비를 마련해 서울로 보냈다.

『월간음악』기자, 청진동 해장국집 서빙 같은 일로 서울살이를 하면서 삶에 지쳐 있던 김기홍을 설득하여 1983년 봄, 겨울 동안 중단되었다가 다시 시작된 임진강 파평교 피시빔 현장으로 끌어들였다. 임진강 공사가 끝나고 나는 대구 현장으로 동료들과 함께 흘러갔다. 서울에 남은 김기홍은 1984년 KBS에서 주최한 일하는 사람들의 백일장에서 장원을 하고 사계문학 동인이었던 김명수 시인의 추천으로 『실천문학』 5권 '드디어 민중의 바다로'에 「강선을 풀며」외 4편을 발표한다. 그리고 농민신문사에서 수여하는 제1회 농민문학상을 수상한다. 대구 현장에서 1차 공사를 마치고 안동대교 현장에서 일을 하던 나는 실천문학사로부터 '14인 신인작품집'인 『시여 무기여』에 작품이 실리게 되었다는 연락을 받는다.

1984년 겨울, 서울에서 열린 실천문학사 출판기념회에서 김기홍을 다시 만났다. 1985년 김하늬, 정안면, 박영희, 오봉옥, 김기홍, 이정우, 김해화 시인들이 모여 〈해방시〉 동인을 만들고 동인지 『그날의 꽃잎처럼』을 펴낸다.

『실천문학』 5집에 작품을 발표한 김기홍은 한동안 고향에 와 있으면서 순천에 있는 문화운동가들과 결합하여 〈두엄자리〉라는 문화패를 출범시킨다. 생각해보면 김기홍은 함바살이에 어울리지 못했던 것 같다. 임진강 현장 이후로 김기홍과 함께 현장에서 함바살이를 한 기억이 거의 없다.

1985년 올림픽 준비에 한창이던 대치동 현장에서 임금 체불에 항의하여 파업을 주도해 블랙리스트에 오른 나는 전주, 나주, 홍천, 대전 현장을 마지막으로 피시빔 현장에서 퇴출되었는데 그 마지막 대전 현장에서 내려가는 기차에 김기홍의 짐을 내가 함께 챙겨 내려간 기억이 있는 것을 보면 대전 현장에서 김기홍과 함께 일을 했는지도 모르겠다.

블랙리스트에 올라 피시빔 현장으로 돌아갈 수 없는 나는 고향으로 돌아와 주암댐 공사장에 숨어들어 토목 철근 일을 시작했다. 고향에 와 있던 김기홍도 합류를 했다. 김기홍과 나는 주암고등학교에 다니는 학생, 주암 젊은이들과 함께 〈주암문화연구회〉라는 지역문화운동 단체를 조직하여 문학은 물론 노동 문제, 환경보호, 지역의 전통문화 발굴 같은 활동을 벌이면서 『주암문화』라는 소식지를 펴내고 사무실까지 마련했다.

그런데 김기홍이나 나는 바깥에서 들어온 노동자였기 때문에 제대로 대접을 받았지만 고향인 주암면 노동자들의 임금이 터무니없이 낮았다. 김기홍은 곧 상사 조절지댐 현장 철근반장으로 자리를 옮겨갔다. 대전 피시빔 현장에서 같이 내려온 엄충섭이라는 고향 친구와 주동이 되어 몇 차례 동맹파업을 통해 본댐에서 일하는 주암 노동자들의 임금 수준을 외지 노동자들과 평준화하는 데 성공했다. 나는 다시 미운털이 박혀 토목 현장에서 빨갱

이 취급을 당했다.

1986년 나는 실천문학사에서 첫 시집『인부수첩』을 펴냈다. 1987년 김기홍도 실천문학사에서 첫 시집『공친 날』을 펴냈다. 1987년 주암면 양백정 건너 보성강 추암소 강변에서 김기홍, 김해화의 합동 출판기념회가 열렸다.

1987년 겨울 공사 중단을 앞두고 시공사인 동아건설은 주암 노동자들 전체에게 1988년 봄부터는 일자리를 주지 않겠다는 강수를 둔다. 주암 노동자들이 벽보를 붙이고 시위와 농성을 하면서 항의를 하자 관계기관과 건설회사, 주암면 유지들, 노동자 대표가 참석한 대책회의가 면사무소에서 열렸다. 대책회의에서 시공사인 동아건설은 노동자 대표로 참석한 나와 엄충섭이라는 친구를 주모자로 지목하며 두 사람은 안 되고 다른 노동자들은 받아들이겠다는 입장을 밝혔다. 분위기를 거스를 수 없었다.

1987년 겨울 나는 경남 창원의 아파트 현장으로 숨어들어 건축 철근 일을 시작했다. 주암문화연구회는 그 후로 얼마나 더 지속되었는지 알 수 없다. 김기홍은 내가 창원으로 떠난 뒤에도 상사 조절지댐 현장의 철근 반장을 하면서 순천에서의 활동을 이어갔다.

1990년 초반 김기홍이 창원에 나타났다. 창원으로 오기 전에 부산의 인력시장을 통해 노동을 이어왔다고 했다. 공사장 노동자들이 많이 사는 신덕이라는 원주민 마을에 방을 얻어 생활하면서 노동을 하고 있다고 했다. 그 무렵 전국으로 열화와 같이 번져나가던 노동자 문학운동과도 나름대로 결합을 하고 있었다. 김기홍은 부산과 광주 동지들과 깊게 연대하고 있는 듯했다. 창원에 있으면서도 마산과 창원을 중심으로 〈구로노동자문학회〉 동지들을 자주 만나던 나와 행보가 달랐다. 당시 마산 창원 지역에는 〈마창문학모임 밑불〉이라는 조직이 드러나지 않고 노동자 문학운동을 주도하고 있었다. 마창 지역 시민운동가들과 경남대, 창원대 출신이거나 재학 중인 학생들이었다. 기억나는 사람들로는 박영주, 남두현, 박진해, 김종우, 강위성, 김문주, 김미자, 김해화 들이다. 〈마창문학모임 밑불〉은 마산 가톨릭 여성회관에서 마창 지역 노동조합 노보 편집자들을 대상으로 매년 노동문학교실을 열었다. 노동문학교실을 수료한 노동자들이 후속 모임으로 〈마창노동자문학회 참글〉을 결성하여 모범적인 활동을 펼치고 있었다. 부산이나 광주, 수도권 지역과 교류하던 김기홍이 본격적으로 마창 지역과 연대를 시작한 것은 〈마창문학모임 밑불〉이 〈마창노동자문화운동협의회 문학분과〉를 거쳐 발전적 해체를 하고 〈마창민예총〉으로 출범하면서부터였다.

창원으로 옮겨온 김기홍은 이곳저곳 공사장을 떠돌며 불안정하게 노동을 이어나가고 있었던 것으로 보인다. 같은 지역에 있었지만 김기홍과 나는 자주 만나지 못했다. 뒤에 김기홍 시인의 말에 의하면 그 시기 놀이패 〈베꾸마당〉 동지들과 많이 어울렸다고 한다. 〈작가연합〉의 오남해 편집인과, 문기훈 시인의 회고에 의하면 신덕 김기홍 시인의 자취방에서 술을 마시면서 자주 밤샘을 했다고 한다. 김기홍과 달리 나는 대규모 아파트 공사장에서 안정적으로 노동을 하면서 밤으로는 지역의 문화운동과 결합하고 있었다. 마창 지역의 문화운동은 노동자 문화운동이 중심이었다. 아마 오남해나 문기훈, 둘 중 하나였을 것이다.

술자리에서 김기홍이 일자리가 없어 힘들다는 이야기를 했다. 김기홍을 내가 일하고 있는 현장으로 불러들였다. 김기홍은 얼마 동안 나와 같이 일을 했다. 그러다가 산재사고로 다리를 다쳐 몇 달 동안 병원에 입원을 하여 치료를 받았다. 병원에서 퇴원을 하고 얼마 후 김기홍이 자취를 하던 신덕마을이 철거 예고가 되면서 철거 반대 투쟁이 치열하게 전개되었다. 김기홍은 철거 투쟁의 한가운데서 마을 사람들과 함께 철거반과 싸웠지만 결국 신덕마을은 철거가 되고 말았다. 하지만 신덕마을 철거 반대 투쟁은 헛된 싸움으로 끝나지 않았다. 신덕마을 이후 내가 살던 새치골이나 다른 원주민 마을 철거민에게는 개나리아파트 입주 자격이 주어졌다. 신덕마을이 철거되어 자취방이 사라지자 김기홍은 창원을 떠나 부산으로 갔다.

그리고 부산 여자와 만나 고향집 마당에서 전국에서 모여든 노동자 문학 동지들의 축하를 받으며 결혼식을 올렸다. 결혼을 한 김기홍은 창원 법원 앞에 있는 동네 주택 1층에서 신혼 생활을 시작했다. 일 끝나고 현장 바깥에서 1차로 술을 한잔하고 김기홍 신혼집에 가서 한잔 더 하자고 나서서 김기홍의 집을 찾아가는데 같은 골목, 같은 대문, 같은 집이 늘어선 동네에서 자기 집을 찾지 못하고 같은 길만 몇 번을 돌고 있었다. 사람들과 집에 오겠다고 전화를 해놓고는 아무리 기다려도 김기홍이 나타나지 않아 걱정이 된 김기홍의 아내가 대문 앞에 나와 있는데도 알아보지 못하고 지나가더란다. 가게에 무엇을 사러 가나 했다가 두 번째도 그냥 지나가는 김기홍과 우리 일행 뒤에다가 "어디 가세요?" 하고 그 아내가 불러주지 않았더라면 그날 우리는 골목을 몇 바퀴쯤 더 돌았을지도 모른다. 김기홍의 신혼 생활과 우리들의 노동은 비교적 순탄하게 이어졌다.

1993년 마산 가톨릭 여성회관에서 열린 '마창노동문학교실'의 어느 강의인가, 아니면 마창노련이 만든 '들불문학상' 심사인가가 끝나고 회관 건물 입구에서 서울에서 내려온 김명환 시인이 노동자 문학 동인을 만들자는 제안을 했다. 마음을 합친 우리는 서둘러 동인 결성을 밀어붙였다. 손상렬, 서해남, 조태진, 김명환, 서정홍, 김용만, 김기홍, 김해화가 동인으로 참여했다. 일과 시가 따로가 아니라 하나라는 의미에서 동인 이름을 띄어 쓰지 않고 〈일과시〉로 쓰기로 했다. 그해 겨울 '과학과사상'에서 동인지 1집 『햇살은 누구에게나 따스히 내리지 않았다』를 펴냈다.

1994년 진해 아파트 현장에서 김기홍은 나에게 결별을 선언하고 함께 일하던 동료들을 데리고 다른 현장으로 떠났다. 혼자 남은 나는 사흘 뒤 새로 온 다른 사람들과 새롭게 손을 맞추고 정을 붙여 산재사고로 창원을 떠나던 마지막 현장까지 그 동료들과 함께했다.

그리고 1995년이었다. 또 오남해나 문기훈, 둘 중 하나였을 것이다. 술자리에서 김기홍이 일자리가 없어 생활이 어려운데 왜 나 혼자서만 일을 하고 있느냐고 나무라듯이 이야기를 했다.

"형 친구 아니오? 친구가 안 챙겨주면 누가 챙겨줍니까?"

맞다. 김기홍은 내 친구였다. 남한 노동판과 문학판을 다 털어 나에게는 단 하나뿐인 국민학교 동기동창 친구였다. 이렇게 만나서 친구가 되고 저렇게 만나서 친구가 되지만 국민학교까지 거슬러 올라가면 김기홍 말고는 아무도 남지 않는 그런 소중한 친구였다.

"일자리 없으면 나한테 전화하라고 해라."

"기홍이 형이 그럴 사람이오? 형님이 가서 보듬어주시오."

1994년의 악몽이 남아 있는 오야지를 설득해서 김기홍을 불러오기로 했다. 새로 시작하는 진주 서변동 아파트 현장으로 출발하기 며칠을 앞두고 김기홍 집으로 소주 몇 병과 안주를 사 들고 찾아갔다.

"그때 진해 현장 일은 내가 미안하게 되었네. 이번에 진주 아파트 현장으로 갈 건데 나 혼자 끌어가려면 좀 힘드네. 자네가 와서 도와주소."

1994년에 진해에서 내가 무엇을 잘못했는지도 모르고 그 일에 대해 김기홍에게 사과를 하고 도움을 요청했다. 김기홍은 진주 서변동 1차 현장이 마무리될 무렵 진주를 떠났다. 1997년 발목을 크게 다친 나는 3년 동안 병원을 드나들며 산재살이를 하다가 2000년 순천으로 옮겼다. 김기홍은 벌써 순천에 와서 자리를 잡고 활발하게 활동을 하고 있었다. 창원을 떠나기 전 경남작가회의를 출범시켰던 나는 순천작가회의로 옮겨 새로운 활동을 시작했다.

 사람들은 김기홍과 나를 묶어서 하나로 생각하고 바라본다. 물
론 그런 시기가 있었다. 1970년대 후반, 김기홍이 군대에 입대하
기 전 몇 년을 우리는 그렇게 보냈다. 쌍고라니, 바늘과 실이라
고 불리면서―그러나 1980년대부터는 우리는 서로 다른 삶을 살
면서 만나고 헤어지는 것을 반복했다. 처음에는 닥치는 대로 두
주불사(斗酒不辭)하던 우리는 술을 통해 서로의 차이를 확인했다.
김기홍이 군대에서 제대하고 세상으로 돌아왔을 때 나는 막걸리
를 즐겨 마셨는데 김기홍은 소주를 마셨다. 내가 맛있다고 소문
이 난 문산 막걸리(포천 이동막걸리가 유명했는데 문산 막걸리도 지지 않
았다)를 마지막으로 대구에서부터는 소주로 바꿨다. 김기홍은 문
산 무렵부터 막걸리로 바꿔 평생을 막걸리를 마셨고 나는 여전히
소주를 마셨다. 김기홍은 소주를 마시면 입가심으로 맥주를 마
시는데 나는 소주 마신 뒤 다른 술은 절대 입에 대지 않았다. 좋
아하는 안주도 서로 달라서 김기홍은 채식이나 닭고기, 해산물
을 먹고 나는 채식이나 닭고기, 돼지고기를 먹었다. 그래서 우리
들이 자주 술을 마시러 가는 곳은 통닭집이거나 횟집, 홍어삼합
을 하는 곳이었다. 나는 홍어를 입에도 못 대고 김기홍은 돼지고
기를 입에 대지 않으니 우리는 홍어삼합을 안주로 시켜놓고 나는
돼지고기에 김치, 김기홍은 홍어에 돼지고기만 먹으면서 결국
홍어삼합을 한 번도 먹어보지 못하고 김기홍은 세상을 버렸고 나
는 남은 세상을 살아가고 있다.

2002년 김기홍은 '갈무리' 출판사에서 두 번째 시집『슬픈 희망』을 펴냈다. 김기홍은 다양한 순천 지역 사람들과 교류의 폭을 넓혀가면서 공사현장 말고는 나와 만날 수 있는 기회가 많지 않았다. 삶의 터전인 공사장 일에서 벗어날 수가 없는 나는 노동 말고는 다른 일을 포기해야 했다.

김기홍은 이런저런 일로 자주 공사장에서 벗어났다. 작은 규모의 공사장에서 손을 맞춰 일을 해야 하는 순천에서 자주 일을 빠지는 것은 일자리에서 밀려나는 결과를 불러왔다. 노동을 통해 생계를 유지하는 김기홍에게 그런 삶은 가정에서 잦은 갈등을 빚어낼 수밖에 없었을 것이다.

김기홍은 이혼을 선택했다. 이혼 후에는 아이들의 양육권 문제로 어려움을 겪었다. 외로움과 생활고에 시달리면서 김기홍은 자주 술에 취했다. 술이 깨지 않은 채 일을 나갔다가 정문에서 음주 측정에 걸려 함께 갔던 사람들까지 되돌아왔다는 소문이 들려왔다. 사람을 맞춰놓고 철석같이 약속을 해놓고는 새벽에 일어나 술을 마셔서 나오지 않는 바람에 남은 사람들이 김기홍 몫까지 일을 하느라 죽을 고생을 했다고 동료가 불만을 털어놓기도 했다.

내가 구례로 옮긴 뒤 잠시 몸담았던 인력사무소에서 같이 일을 하면서 김기홍은 술을 통제하지 못하는 날들이 늘어났다. 구례와 순천을 차로 오가야 하는 나는 그런 김기홍에게 제발 새벽 술을 마시지 말아달라고 부탁하는 것 말고는 해줄 수 있는 일들이 없었다. 큰아들이 군대에 가고 작은아이까지 집을 떠나자 혼자 남은 김기홍은 삶에 지치고 외로움은 더욱 깊어졌다. 김기홍은 자주 일을 나오지 않고 인력사무소 일도 자주 끊겼다. 2014년 인력사무소 일을 그만두고 함께 일하던 동료들 몇과 영암 삼호지구 아파트 현장으로 옮겨갔다. 김기홍은 순천에 남았다.

얼마 지나지 않아 초등학교 동창 친구로부터 김기홍이 쓰러져 병원에 있다는 연락을 삼호 현장에서 받았다. 쓰러져 있는 것을 빨리 발견해 목숨은 건졌고 결핵으로 격리병동에 있으니 시간 되면 한번 들러보라는 소식이었다. 그해 2014년 〈일과시〉 동인이 20주년 기념시집『못난 시인』을 펴낼 때 김기홍은 함께하지 못했다.

김기홍이 투병 생활을 하는 동안 공사장 노동자들의 삶은 더욱 황폐해졌다. 순천 신대지구에 대규모 아파트 단지가 들어섰지만 중국, 베트남, 러시아와 동남아시아에서 몰려온 이주노동자들의 인해전술과 저임금 공세에 순천 지역 노동자들은 설 자리가 없었다. 공공건물이나 상가, 주택 같은 소규모 공사장에서 근근이 하루하루의 삶을 이어가고 있는데 김기홍에 대한 긍정적인 소식이 들려오기 시작했다.

"일하고 있는데 운동 나왔다면서 기홍이가 아는 체를 하데. 인자 많이 좋아졌다고 곧 일을 시작한다면서 일자리 좀 잡아놓으라고 해서 그러마고 했네."

아랫장에서 만났다거나 거리에서 마주쳤다는 이런저런 소식들이 하나같이 반가웠다. 반가움으로 김기홍에게 전화를 했더니 전화를 받지 않았다. 몇 번이나 그런 일들이 이어졌다. 구례와 순천을 오가느라 그동안 찾아가지도 전화를 하지도 못했으니 그럴 수도 있겠다는 생각이 들었다.

2018년 내가 시선집을 엮는다고 출판사가 있는 남해를 자주 오갔다. 출판사를 하는 오남해는 김기홍의 창원 시절 결혼 전에 신덕 자취방에서 같이 술을 마시고 뒹굴면서 나보다 더 김기홍과 가깝게 지내던 후배였다. 마지막 교정 작업이 끝나고 횟집에서 술을 마시다가 생선회를 좋아하는 김기홍을 떠올렸다. 다음에 남해 올 때 순천 들러서 김기홍과 함께 와서 실컷 생선회를 먹자고 의기투합한 우리는 김기홍에게 전화를 했는데 없는 전화번호라는 안내 메시지가 들려왔다. 걱정이 되어서 페이스북 친구였던 김기홍의 큰아들에게 메시지를 보냈다. "아버지는 어떠시냐? 전화를 했더니 없는 전화번호라고 하는데 무슨 일 있어?"라는 내용이었다. 곧 답장이 왔다. "전화기에 문제가 있어서 바꾸면서 번호가 바뀌었어요. 건강은 쓰러지기 전보다 더 좋아지셨는데 술을 계속 많이 드셔서 걱정이네요." 바뀐 전화번호를 알려줘서 그 번호로 전화를 했지만 받지 않았다. 그냥 그런가 보다 하고 넘어갔다.

그렇지만 김기홍 집 근처에 사는 동료들로부터 김기홍에 대한 반가운 소식은 드문드문이지만 이어져 들려와서 마음이 놓였다. 건강해졌다니까 얼마 지나지 않아 현장에서 만나겠지, 라고 그냥 편안하게 생각했다. 그러다가 김인호 시인으로부터 김기홍이 세상을 떠났다는 청천벽력의 소식을 들었다.

2014년 처음 쓰러지고 5년 동안 투병 생활을 하던 시인 김기홍은 2019년 7월 26일 자기가 살던 아파트에서 몸을 던져 삶에 마침표를 찍었다. 다재다능했던 김기홍, 나는 안다. 김기홍은 그 모든 분야에서 주인공이 되고 싶어 했다. 주인공이 되고도 남는 재능을 지니고 있었지만 세상은 김기홍에게 주인공을 시켜주지 않았다. 결국 김기홍은 스스로 삶을 정리하는 것으로 자기 인생의 주인공이 되는 방법을 선택했다.

김기홍은 여러 분야의 많은 사람들과 교류하면서 친분을 쌓아왔다. 나는 김기홍의 생애에 있어서 아주 잠깐 함께 있었고 노동하는 삶 속에서 만나고 문학하는 삶 속에서 만난 사이에 지나지 않아 세상에 없는 김기홍에 대해 일부분을 이야기할 수밖에 없다. 그래서 이 글은 또 다른 곳에서 김기홍을 만나고 교류해왔던 사람들이 바라보는 시각과 충분히 다를 것이다.

친구였던 김기홍, 노가다 동료였던 김기홍, 노동자 문학 동지였던 김기홍, 나는 그중 어느 김기홍도 지켜주지 못했다. 김기홍은 살아생전 나에게 단 한 번도 미안하다고 사과를 한 적이 없었지만 나는 세상에 없는 김기홍에게 또다시 사과를 할 수밖에 없다. 기홍이 자네를 지켜주지 못해 참 미안하네.[1]

---

1 순천작가회의 기관지 『사람의 깊이』 제23호(2019)에 실린 글을 재수록함.

추모시

슬픈 희망
— 김기홍에게

나종영

나는 오늘 한 사람 시인을 만나러 간다
낡은 작업화와 허름한 잠바,
장대보다 더 긴 철근을 메고 허공에 매달려
시를 쓰는 사람,
그런 슬픈 전설을 만나러 간다

산 하나 쌓으면 산 하나가 무너지는 것을 아는 사람
발에 밟힌 나락 한 톨에도 햇살을 보고
파란 싹이 돋아나는 것을 아는 사람
발길에 걸리는 모난 돌멩이에서 세상의 낮은 사랑을 알고
작을수록 빛나는 자갈의 무량함을 아는 사람
고향 땅 구산리에 태를 묻고 거기에 혼을 묻을 사람

깃발이 사라져버린 산하
목소리 높이던 동지들 흩어져 떠나간 거리
한 줄기 쓸쓸한 바람에 시인의 눈물은 뜨겁고
썩은 삽자루를 버리고 새로운 삽 한 자루를 쥔 시인의 손
은 떨린다

누구인가 전기톱에 잘린 손가락,
인부들의 가슴 벽을 물어뜯는 핏줄기
지친 몸으로 무거운 밤길을 열어
빈 들녘을 걸어가나니
여기 들풀처럼 질긴 삶을 사는 노동자시인이 있나니,

아직은 어제의 지친 노동으로
혼곤한 잠에 빠져 있을 시간
어둑새벽 도심을 누비는 청소차의 소음을 들으며
땀내 범벅인 사내의 오랜 시집을 읽는다
버려진 자본의 찌꺼기와 허섭스레기 같은 욕망을 쓸어가는
늙고 여윈 청소부의 삶이
곧 우리네 삶이라는 것을 사내는 안다
가난하나 깨끗한 노동이
이 세계를 짊어지고 가는 것
돌담을 지탱하고 있는 돌 하나하나가
세상과 하나로 연결되어 있는 것

'슬픈 희망'

158

그대의 시집을 다시 읽으며

나는 희망이 슬픈 것이 아니라 슬픔 속에서 희망을 찾는

그대의 몸짓이 보여 내 마음은 소금 위의 상처마냥 아리다

살아갈 이유란 결국

큰 성을 이루는 단단한 돌이 되기 위함이라는

그대의 견고함에 나는 오히려 위로를 받는다

슬픔과 사랑과 희망,

가난한 노동 속에서도

꿈을 버리지 않는 그대의 시가 있어 이 세상은

손수건만 한 작은 행복으로도 눈물을 훔칠 만하다

나는 오늘 한 사람 시인을 만나러 남도로 간다

나는 오늘 한 사람 뜨거운 사내를 만나러 밤길을 간다

그 사내를 만나면 막소주 한 잔에 뜨거운 가슴을 나누리

철근쟁이 선생님 봉급생활자 식당아저씨 택시기사 농사꾼

그리고 가난한 시인들이

함께 살고 함께 꿈을 꾸는 그런 세상을 노래하리

오늘 깊은 숲, 허허벌판 길 끝에 한 사람 시인을 만나고
저 많은 모래성, 세속의 집을 이고 있는 철근만큼
단단한 불덩어리 속에서
한 사람 시인을 만나고 싶다
먼 길 위에 천생 가슴이 뜨거운 사내
그 사람 시인을 만나러 간다.

무엇이 그리 고마웠던 것일까?

— 김기홍

박두규

무엇이 그리 고마웠던 것일까?
어쩌다 전화 통화라도 하면
그는 늘 고맙다고 했다.
고맙다는 말을 하고 또 하고
계속해서 반복했다.
사실 그 고맙다는 말은
나에게 하는 소리가 아니라
세상의 모든 대상에게 하는 말이었고
자신에게 하는 말이었을 것이다.
그가 죽기 직전까지 수년 동안
두 아들마저 밖으로 떠돌고
홀로 투병 생활을 했었다.
온전치 못한 몸으로
홀로 보내는 나날이 외로웠을 것이다.
그러하니 답답한 방으로 불어주는 바람도 고맙고
누군가의 전화도 고맙고
창밖으로 보이는 세상을 보는 것만으로도
고마움을 느낄 수 있었을 것이다.

사는 동안 갖게 된

모든 적대적 관계나 마음도 잊고

본래의 선한 바탕에서 숨 쉬고 있었을 것이다.

그러면서 삶과 죽음의 경계나 그 두려움도

점점 사라져갔을 것이다.

아, 나는 그러기를 바라는 것이다.

그의 죽음 앞에서, 미안하고 또 미안해서

제발 그랬으면 하는 것이다.

모든 죽어가는 것들은 선하고

죽어가는 것들은 모두가 스승이라 하니

그 또한 그랬을 것이다.

그렇게 통한의 이승을 훌훌 털어냈을 것이다.

철근 노동자의 고단함과

가난한 가장의 미안함과 서러움과

못다 쓴 시에 대한 갈증과

반목과 갈등의 피비린내 나는 세상을

고맙네. 고마워요. 고맙습니다.

이 말을 거듭 되뇌며 모든 것을

씻고 또 씻어냈을 것이다.

아, 나는 그러기를 바라는 것이다.

그의 죽음 앞에서

미안하고 또 미안해서, 그랬으면 하는 것이다

철근꽃 한 송이 피었다 지는데

― 김기홍 시인 영전에

이승철

저기 흰 등짝이 보인다.

한평생 그대 등짐이 건져 올린

대못처럼 단단하던 시편들

사금파리 되어 반짝이고 있구나.

내 청춘의 스무 살 적 오랜 벗이여

문득 광주 5월 행사장서 만나면

오랜만이시, 어여 가서 한잔하자고

골목길 선술집으로 끌고 가더니만

그래, 한 많은 노가다 인생 따위

끝내 성사되지 못한 애끓는 사랑 따위

저 멀리 팽개쳐버리고

어디로 서둘러 길 떠나셨는가.

그대가 심은 철근꽃 한 송이 피었다 지는데

흙먼지 자욱한 공사판 인생들 어이하라고

뜨거운 눈물 자락 마구 흩뿌려주고 갔는가.

그 여름날 우리가 영산강 언덕에 퍼질러 앉아

굽이치는 물살에 판소리 가락을 떠나보낼 때

함바집 막걸리 잔은 몇 순배씩 잘들 돌아갔지.
더 이상 못난 공사판을 기웃거려 뭐하겠나.
하늬바람 속으로 굽은 등짝을 활짝 펴
파랑새처럼 훠이 훠어이 그대 날아갔는가.
이보게, 철근쟁이 노동자시인 김기홍 형
낼모레 입춘은 또다시 다가오는데
이 마을 저 마을 농악 소리 울려 퍼지는데
승주 주암댐 수몰마을에서 달집을 태우는 당신
이 산 저 산에 꽃은 웃고, 새들은 노래하는데.

시인의 죽음

― 김기홍 시인의 죽음을 함께 슬퍼하며

김명환

그대가 남긴 것이
어찌 시 몇 편이겠는가
막걸리 한잔에
그대를 떠나보내네

1984년
시여 무기여 출판기념회에서
우린 만났지

우린 숨을 쉴 수 없었어
제국의 사슬
압제의 사슬
착취의 사슬

우린 막잔을 머리에 붓고
눈물과 한숨을 거두었네
시인은 슬픔을 짓이기고
희망의 나팔을 불어야 한다고

그대는 말했네

그리고 서른다섯 해
우린 패배에 패배를 거듭했지
하지만 최후의 승리를 위해
싸움을 멈추지 않았네

이보게
이 나라의 노동자
땀 흘리며 노래하는 시인을 맹세하고
한 길을 걸어온
그대를 보내는 나의 쓸쓸함이

나를 슬프게 하네

이보게
시인이 그렇게 쓸쓸하게 떠나면
누가 남아서 진군나팔을 불겠는가

나팔을 불다가 입술 부르트고
목 갈라져 등 기대고 스르르
그렇게 전선을 떠나자고
맹세하지 않았나

막걸리 한잔에 그대를 떠나보내며
나는 꼭 서른다섯 해 전
이 나라의 노동자시인처럼
막잔을 머리에 붓네

우리는 꿈을 꾸고
그 꿈을 노래하는 나팔수
단 한 순간이라도 그 꿈을 저버리면
우리는 무너지네

더 단단하게 나팔을 움켜쥐고
나는 그대를 보내네
고생했네
편히 쉬게

기홍이

안준철

기홍이
살아생전 불러주지 못한
자네의 이름을 이제야 불러보네
그냥 형도 아니고
준철이 형님이라고
늘 깍듯이 대해주던 자네를
어이, 기홍이!
어이, 자네!
따뜻하게 불러주지 못하고
꼭 이름자 뒤에
씨 자를 붙여서 부르곤 했었지

시를 쓴 이력으로 보나
청춘을 바쳐 철근쟁이로 살면서
온갖 풍상 다 겪어내어
거룩함마저 느껴지는
얼굴 명함으로만 보아도
학교에서 애들이나 가르치는

애송이 같기만 한 내가
나이 몇 살 더 먹었다고
어찌 자네 형님뻘일까 싶어
민망해서 그런 거지
정이 없었던 것은 아니라네

어이, 기홍이!
어이, 자네!

늦게, 너무 늦게 당신을 응원하며
— 김기홍 시인

이민숙

얼마 전 문학수업 팀과 함께 간 소풍길에서
우린 어떤 나무의 나이테를 관찰했어요
한 오십 년은 족히 넘어 보이는 나무 한 그루가 오래전에
베어져 있었던 것처럼
나이테를 드러낸 채 덤불 사이에 널브러져 있었어요
흙으로 돌아가고 있는,

나뭇가지 꼭대기를 스쳐 지나간
구름과 달빛과 계곡의 바람들
천둥번개 맞고 울부짖었을 시간들의 음표
동글동글 나이테
거무죽죽 나이테
몸은 어디 가고 세월의 뼈 같은 가느다란 나이테
가을비 온 뒤 우수에 젖어 흐느끼는 듯한
축축한 그것!

설움 사이, 내 시어들이 우스워졌다오 갑자기,
뭐냐 사라짐이란
붉은 동백 떨어지듯

그렇게 가는 거지

색즉시공(色卽是空) 공즉시색(空卽是色) 부처 아니라도

한 열정 빚고 떠나는 길에 값싼 눈물이라니

삶의 정곡 사느라 철근을 메고 견딘 그날들로 됐으며!

막걸리도 한잔 맘 놓고 못 마실

구멍 뚫린 몸 되도록 견뎠으니 괜찮고!

홀로 시 쓸 펜 하나 들고

비빌 언덕도 없이 외로웠다는 세상은 허허벌판!

밖의 밖에서 그 동굴 속으로 들어갔을 때 만났을

고독, 이뭐꼬!

열반이란 그런 것, 별의 빛이 아니면 어떻고

햇살처럼 내리쬐는 사리빛이야 바다의 몫!이라도 좋은

'슬픈 희망'*으로 희망의 슬픔으로

당신은 당신의 생을 온전히 살았다

생로병사니 일체유심조(一切唯心造)니 제법무아(諸法無我)니

한 생의 비의(祕意)야 어떻든
그림자도 없이 고요한 서천서역길에 들었으니

번데기 허물 벗듯
밤톨 투둑! 가소로운 가시에 찔리든지 말든지
핏줄 하나 남아 윤회를 거듭하든지 말든지

삶이여 가벼워라!
흑두루미 날개를 떠미는 바람처럼
무슨 형체에 곁들 일도 없이 말갛게
사랑이여 한 자취도 가이없네!

아모르파티 운명이여!
그렇게 가버린 그 홀연을
지나치다 말 하지 않으리
비척이면서도 담담했을 무위의 자연이여!

* 슬픈 희망 : 김기홍 시인의 시집 제목에서

173

새는 보이지 않아도

김인호

보이지 않는다고 어찌 없다 할 수 있으랴 새는 보이지 않아도 동박새 울음 숲 가득하다 그대 마음도 그러하리라.

야간 끝나 쉬는 날 옥룡사 폐사지 동백 아직 일러 꽃 드문드문 핀 동백숲 노닐다가 문득 순천으로 달려가 철근 일 마치고 온 해화 형 기홍이 형 어울려 역전시장 막걸리집에서 막걸리 몇 주전자를 마신다

일 마치고 돌아오면 지쳐 밥을 먹다가도 그대로 잠이 든다는 김기홍 시인 말이 동백꽃 모가지처럼 가슴에 똑 떨어진다.

그리운 나라*

김종숙

지하철을 기다리다 지하도 헌책방에서 형과 마주쳤지

형은 곰방내 나는 네모난 아파트 네모난 서가에 박혀 생을 모색하고 있었어. 누렇게 퇴색해 낡아지며 거기 있었지

하루를 공치고 던져둔 괭이자루 되지 않으리. 풀숲에 던져진 삽날로 사그라지지도 찢겨 나가지도 않으리

슬픈 희망* 노래했어

찬바람 이는 순천만, 문우 여럿이 갈대숲 둔덕에 앉아

우리 저렇게 갯물 들면 발목 적시는 거라고 갈대의 수런거림에 더 깊은 수렁을 걷기도 하였는데

가을 겨울, 바람 불어 춥다, 눈이 와 기침 난다. 그리운 나라 멀지 않겠구나 허공 향해 물어왔는데

안녕하시냐 물은 지 오랜데

내 문안 기다리다 남루한 담장이 무너졌다 안부 전해 오네

나, 왔네.

어떤 색이나 다 받아주는 그리운 나라

* 그리운 나라, 슬픈 희망 : 김기홍 시인의 시 제목.

철근공 김기홍 시형

이상인

기러기 한 마리,
서쪽 하늘을 날아가고 있었다.
그의 날개깃에 찬 서리가 희게 묻어났다.

떠나온 세상은 초라하게 저물어가고
저 멀리 못다 세운 철골 사이로
아직 쓰다 만 시처럼 저녁놀이 붉었다.

끼룩끼룩 두어 번 울다가
또 서너 번 연이어 울다가
그예 울음소리 맑은 가을하늘처럼 그치고
좌우를 두리번거리더니
곧장 서쪽 하늘 너머로 날아갔다.

남은 세상은 작은 슬픔 몇 개 켜놓고
스스로 지워지고 있었다.

당신은 나의 첫 시인

송태웅

우리 집 마당에 흰 무궁화꽃 피어
저 꽃들 누구의 얼굴일까 물끄러미 보는데
순천작가회의 이상인 시인의 문자
막걸리나 마시자는 반가움 대신에
그대 아주 떠났다는 소식 알려왔네

올초 순작이 내는 사람의 깊이 22호 출판기념회에
그대 아프니 연락도 하지 못했는데
박철영 시인의 자동차 번호를 우연히 보고서
그대가 박 시인에게 전화를 해서 함께 어울렸는데
얼굴은 홍안을 되찾았고
여전히 썰렁한 말솜씨로 사람들 웃기고
시 낭송 차례가 돌아오니
순작 후배 누군가의 시가 참 좋다며
또박또박 읽던 기억이 어제 같은데

내가 스물여덟 당신이 서른둘
나는 당신을 만나러 순천의 교사가 되었는지

당신은 내가 만난 첫 시인
늘 머릿고기에 막걸리를 마시며
순천 와이엠시에이, 웃장, 아랫장, 중앙시장을 순례하며
전교조에 두엄자리에 일과시에
그냥그냥 사람 사는 이야기에
술추렴에 노래에 왁자지껄 웃음에 깊은 탄식에
당신과 함께했던 청춘을
이제 이 빗속에 묻어야 하는가

김기홍 공친 날 철근 노동자 김해화 박영근
다시 비가 내리네
한때 음악 연극 공연 잡지 객석의 기자였던
전라남도 승주군 주암면에서 태어난
순하고 어질었던 나의 시인

이 비가 당신의 이름을 가리려 내리는가
나는 새벽처럼 일어나
당신을 힐난했던 한 시절을

떠올리며 눈물 흘리네

미안하오 미안하오 미안하오
당신의 여린 감수성을 힐난했던
우리의 시대는
당신의 불우를 책임질 수 없었네
당신 없는 중앙시장 선술집에서
당신이 썼던 시구절
당신이 불렀던 노래 떠올리며
당신의 얼굴 그려보네
홍안에 빙그레 웃던 미간
떠올려보네

잘 가오 부디 잘 가오
당신은 나의
영원한 첫 시인

공 안 친 날의 기홍 형을 생각하며

박철영

목소리가 시보다 멋있어
잘나갔다던 시절 힘이 들었다는 형
상사*에서 형 카페 모임 행사 때
낭랑하게 뽑아낸 노래 가락처럼
시를 낭독하면 명랑한 음표들이 배꼽에서 튕겨 나왔지
적당히 목 풀렀다 싶으면
베사메무초를 토박이보다 더 찐하게 몰아 올려
가슴 울컥하게 했었지

한 십 년 전 저짝이것제
형수 돌아 떠난 뒤 어린 두 아이 앞세워
연향동 붕어찜 집 밀창문 어색하게 밀치고 들던 형
미련 깊은 가슴 무너졌을 테지만
철없던 아이 둘 앞 밥그릇부터 챙겨 밀치드만,
노가다 십장인가 뭔가한테 바보처럼 일당 받지 못해
허구한 날 싸구려 막걸리 집만 드나들었다는 순천 역전
시장 골목
술값 대신 공친 날* 박힌 시화 액자 들이밀었다는 말 전
해주며

180

그 술집 아지매 형 진짜로 잘 안다 하등만
난 형이 뼈 속 외로움 나눠 가질
형수 하나 새로 봤나 싶어 설레었지
이것저것 생각해보니
형은 공친 날이 평생이었그만그려

세월 참 무색하지
붕어찜 집에서 얼굴 본 아이 내 누군 줄 알겠소
부고장 들려 보기만 해도 아까울 큰아들 이름을 다 디민
다요
마음으로 눌러쓴 만장에다
형 가시는 길 새겨놓았으니
'공친 날' 말고 '공 안 친 날' 환하게 웃던 얼굴로
'뜨거운 안녕'을 부르다 회한 복받쳐 울어버리던 형
이 밤 깊어가지만
다시 들을 수 없는 그 목소리 참 그립소

* 상사 : 순천시 상사면
* 공친 날 : 김기홍 시인의 대표 시

1957년 6월 10일　전남 순천시 주암면 구산리 금곡마을에서 6남 1녀 중 넷째로 태어남.

1964년　주암초등학교 입학.

1970년　주암초등학교 졸업.

1973년　주암중학교 졸업. 순천농림전문학교(현 순천대학교) 입학.

1975년　순천농림전문학교 중도 포기.

1975년　사계문학 동인(강지산, 김기홍, 김명수, 민종덕) 활동.

1978년　승주문학회 동인(공용철, 김기홍, 김해화, 이승예, 정대연, 조동례) 활동.

1978년　육군 입대(강원도 원주에서 헌병으로 복무).

1980년　제대한 뒤『월간 음악』기자 생활.

1983년　임진강 파평교 피시빔 현장에서 일함.

1984년　KBS 주최 일하는 사람들의 백일장에서 장원.

1984년　『실천문학』제5권에 시「강선을 풀며」외 4편 발표.

1984년　농민신문사 주최 제1회 농민문학상 수상.

1985년　해방시 동인(김기홍, 김하늬, 김해화, 박영희, 오봉옥, 이정우, 정안면) 활동.

1985년　해방시 동인지『아, 그날의 꽃잎처럼』(사사연) 간행.

1986년   순천에서 문화운동가들과 결합하여 놀이패인 두엄자리 발족.

1986년   김해화 및 주암 젊은이들과 함께 지역문화운동단체인 주암문화연구회 발족.

1986년   상사 조절지댐 공사현장 철근반장.

1987년   첫 시집『공친 날』(실천문학사) 간행.

1987년   김해화의 첫 시집『인부수첩』(실천문학사)과 합동 출판기념회를 가짐.

1988년~1990년   부산, 마산, 창원의 공사장에서 노동자 생활.

1990년   창원 신덕마을 철거 반대 투쟁.

1992년   주암 고향집 마당에서 결혼식 올림.

1993년   노동자문학 동인 일과시(김기홍, 김명환, 김용만, 김해화, 서정홍, 서해남, 손상렬, 조태진) 발족.

1993년   일과시 동인지『햇살은 누구에게나 따스히 내리지 않았다』(과학과사상) 간행.

1994년   김해화와 진주 서변동 아파트 현장에서 일함.

1995년   순천으로 와 순천작가회의 회원으로 활동.

2002년   두 번째 시집『슬픈 희망』(갈무리) 간행.

2005년   이혼. 외로움과 생활고에 시달리며 불안한 생활.

2014년   결핵으로 순천기독결핵재활원에서 치료 받음. 건강이 호전됨.

2019년 1월   순천작가회의의 기관지『사람의 깊이』제22호 출판기념회에 참석.

2019년 7월 26일   시인이 살던 순천 신보아파트에서 타계.

푸른사상 시선 125

뼈의 노래